VILLE DE CHIEN

roman

Catalogage avant publication de Bibliothèque et Archives nationales du Québec et Bibliothèque et Archives Canada

Bunkoczy, Joseph, 1949-

Ville de chien

ISBN 978-2-89031-600-3

I. Titre.

PS8553.U57V54 2007   C843'.54   C2007-941216-5
PS9553.U57V54 2007

Nous remercions le Conseil des Arts du Canada ainsi que la Société de développement des entreprises culturelles du Québec de l'aide apportée à notre programme de publication. Nous reconnaissons également l'aide financière du gouvernement du Canada par l'entremise du Programme d'aide au développement de l'industrie de l'édition (PADIÉ) pour nos activités d'édition.
Gouvernement du Québec – Programme de crédit d'impôt pour l'édition de livres – Gestion SODEC.

Mise en pages : Eva Lavergne
Maquette de la couverture : Raymond Martin
Illustration : photo Joseph Bunkoczy

DISTRIBUTION:

Canada
Dimedia
539, boul. Lebeau
Saint-Laurent (Québec)
H4N 1S2
Tél. : (514) 336-3941
Téléc. : (514) 331-3916
general@dimedia.qc.ca

Europe francophone
Librairie du Québec / D.N.M.
30, rue Gay Lussac
75005 Paris
France
Tél. : (1) 43 54 49 02
Téléc. : (1) 43 54 39 15
liquebec@noos.fr

Dépôt légal : B.N.Q. et B.N.C., 3e trimestre 2007
Imprimé au Canada

Joseph Bunkoczy

VILLE DE CHIEN

roman

Triptyque

DU MÊME AUTEUR

La Tour (roman), éditions Trait d'Union, 1999

Temps Mou (roman), éditions Trait d'Union, 2000

Des nouvelles de l'univers (nouvelles), éditions lulu.com, 2007

I

« Vois-tu, petit, dans la vie, il y a une occasion pour chaque chose. Ce qu'on souhaite vraiment finit par arriver. C'est comme une fenêtre qui s'ouvre et qui laisse entrer une lumière nouvelle. Si tu peux saisir cette occasion et que tu franchisse cette fenêtre, ta vie est changée pour toujours. Si tu la rates, elle ne reviendra jamais plus. Tu comprends ça ? »

Le jeune garçon tenait la main du vieil homme et il semblait comprendre. Il voyait dans son esprit un mur gris et sombre dans lequel une fenêtre s'ouvrait sur un espace lumineux ; les battants de la fenêtre étaient décorés de rideaux. Il ne savait pas pourquoi il fallait franchir la fenêtre ; néanmoins, il hocha la tête à la manière des enfants, tout son corps participant au mouvement. L'homme était aveugle, mais, en sentant ce geste, il en décoda la signification et il parut satisfait.

Le garçon s'appelait Otto Prime. Il avait une dizaine d'années. L'homme à côté de lui était son grand-père. Ils vivaient ensemble depuis qu'Otto avait perdu ses parents, c'est-à-dire depuis assez longtemps pour qu'il n'eût plus qu'un très vague souvenir d'eux. Ils étaient morts dans l'effondrement d'un pont. Cet événement était l'un des premiers signes importants de la détérioration urbaine. C'est à cette époque que les pluies avaient commencé à tomber de façon quotidienne et qu'une chaleur étouffante s'était installée sur la ville. Ils avaient appelé leur fils, Otto, en souvenir de quelqu'un ou de quelque chose, plus personne ne savait ce que c'était. Ainsi, Otto avait parfois l'impression de passer à côté de son destin. À son âge, ce détail l'inquiétait peu et il aimait bien son nom qui finissait comme il commençait en faisant éclater dans l'air ce double 't' bref et sec semblable à un coup de fouet.

Otto avait toujours vécu dans le même quartier. Il imaginait qu'au delà de l'espace qu'il avait déjà exploré, la ville s'étendait très loin dans toutes les directions. Ce qui en était visible de son point de vue, les cimes des bâtiments les plus élevés surplombant les arbres du parc et les immeubles aux alentours, lui était toujours apparu sous le même angle. Il s'identifiait à ce monde exigu loti entre des points de repères immuables. Il était un produit de ce lieu, bien adapté aux conditions de vie qui y régnaient. Mais il était également attiré par ce monde plus vaste qui l'entourait et qui paraissait plus coloré, plus animé, épris d'une frénésie de vivre qui ne faiblissait ni même la nuit où elle se muait en un bruissement de lumière. La ville était partout et elle suscitait en lui une curiosité immense. Le temps d'explorer sa vastitude n'était pas encore venu. Pour le moment, il était les yeux de son grand-père. Tout ce qu'Otto savait, il l'avait appris du vieux qui, telle une encyclopédie intarissable, lui transmettait un flot de connaissances hétéroclites composant dans son esprit l'image précise d'un monde riche et complexe.

Ils étaient là debout sur un monticule surplombant leur quartier. Le ciel couvert leur envoyait un léger crachin qui, de minute en minute, se changeait en une pluie ennuyeuse. La main du vieil homme était posée sur l'épaule du garçon, une main chaude qui avait là sa place en permanence. Ils se détournèrent du paysage et redescendirent la butte en direction d'un antique immeuble à la façade ouvragée où apparaissaient entre des colonnes encastrées, des têtes de lion et des atlantes soutenant des corniches et des balcons de pierre.

C'est là qu'ils vivaient, dans ce bâtiment de quatre étages qui avait été autrefois un hôtel particulier et qui appartenait maintenant au vieux. Généreux de nature, ce dernier le partageait avec d'autres gens du quartier, qui n'avaient pas d'endroit où se loger.

Le bâtiment avait été subdivisé en appartements spacieux qui offraient à leurs occupants un confort enviable. Les riches parquets, les boiseries travaillées, les moulures délicates qui ornaient les fenêtres et les portes et qui s'élançaient à l'assaut des plafonds où elles se muaient en arabesques fines, les marbres des cheminées et les vitres élégamment teintées conféraient aux appartements une opulence et une grandeur qui conjuraient la vulgarité. Il y régnait une sérénité qui permettait à chacun de croire qu'il était le seul habitant de ces lieux.

Devant la lourde porte à double battant de l'immeuble, attendaient trois jeunes garçons de l'âge d'Otto.

— Tu viens avec nous ? demanda celui qui avait une peau si noire que la lumière y laissait des reflets bleutés, une peau lisse de statue taillée dans l'ébène.

— Non, Mellow, je ne peux pas. Je dois rester avec Grand-père. J'irai cet après-midi.

Le grand-père ne dit rien, il pensait à autre chose. Derrière le garçon qui avait parlé, se tenaient silencieux les deux autres. À leurs ceintures pendaient des chaînes chromées, soigneusement enroulées. Ils se détournèrent et s'en allèrent rapidement sans le moindre bruit.

Otto et son grand-père franchirent la porte et disparurent dans la pénombre caverneuse de l'entrée. Dehors, la pluie avait atteint son rythme de croisière, mouillant inlassablement toutes les surfaces, transformant les pavés des rues en un moutonnement luisant et gras, laissant sur les murs de longues traînées noirâtres. L'air chaud et humide se chargea d'une odeur entêtante de moisissure.

Le temps s'écoule dans une seule direction, toujours la même, identifiée par un indicateur que l'on peut appeler la flèche du temps. Cette flèche permet de distinguer le passé du futur et donne en quelque sorte au temps une direction. Ainsi, il existe trois sortes de flèches du temps.

Il y a d'abord la flèche thermodynamique du temps, la direction dans laquelle le degré de désordre de quelque chose, qui était dans un état initial ordonné, augmente ; ce degré de désordre s'appelle également l'entropie. L'observation nous montre que l'entropie de tout ce que nous connaissons, de tout ce qui nous entoure, s'accroît avec le temps.

En deuxième lieu, il y a la flèche psychologique du temps. Son existence vient du fait que nous sentons que le temps passe dans une direction donnée, la direction dans laquelle nous nous souvenons du passé et non du futur. Ainsi, la flèche psychologique du temps est déterminée en nous par la flèche thermodynamique du temps ; nous nous souvenons des choses dans l'ordre dans lequel l'entropie augmente, donc du passé vers le présent.

Il y a enfin la flèche cosmologique du temps ; la direction du temps dans laquelle l'Univers se dilate, car celui-ci depuis son origine est en expansion. De ce fait, avec le temps, l'Univers devient plus grand et de moins en moins ordonné. Ces trois flèches pointent dans la même direction et l'Univers entier semble conspirer pour que le temps s'écoule dans une direction donnée.

En méditant sur ces faits, c'est bien à cette conclusion que parvint Otto : ses parents avaient disparu alors qu'il était encore enfant et il ne les avait jamais revus. Quelques années auparavant, son grand-père mourait à son tour, le laissant seul, jeune adulte, à l'orée de sa vie qui s'étendait devant lui vaste et insondable. Rien de ce qu'il avait connu n'était resté immuable et les événements importants de sa vie s'égrenaient dans le passé pour disparaître progressivement avec la distance du temps. Otto avait compris que la vie était un chemin anisotropique, un chemin qui ne peut être parcouru que dans un sens sans possibilité de retour.

II

Un crépuscule glauque était descendu sur la ville, enveloppant la cime des bâtiments les plus élevés dans une brume gris vert, dense, qui filtrait la lumière et amortissait les sons. Les rues, déjà éclairées et pour la plupart désertes, luisaient sous le ruissellement de la pluie. La ville s'assoupissait dans un calme cotonneux et moite, marquant ainsi une pause brève avant la frénésie de la nuit. Cette quiétude momentanée n'était troublée que par le chuintement des pneus d'une limousine qui roulait sur les pavés gras, éclaboussant au hasard des flaques d'eau les trottoirs et les vitrines illuminées. À l'intérieur du véhicule, installé sur le siège arrière, Viktor K. Hernyo prenait connaissance des derniers rapports sur l'état de son entreprise. Sur l'écran de son ordinateur, les chiffres qui défilaient lui indiquaient que ses affaires allaient bien, qu'elles prospéraient et que rien ne venait menacer la croissance de sa fortune. Voilà qui est réjouissant, pensa-t-il. Ce n'était pas qu'une question de fortune. L'inquiétude étrange qui couvait en lui en permanence pouvait continuer de sommeiller, tel un monstre repu, aucune des nouvelles qu'il avait reçues ne venait le tirer de sa torpeur. La bête avait été nourrie et tout était bien. Le crépitement de la pluie sur le pare-brise ne lui parvenait que comme un faible tapotement. De l'autre côté de la vitre, le chauffeur au physique massif conduisait le puissant véhicule vers une destination bien précise : l'immense édifice qui se dressait au bout de la rue et qui dominait par sa hauteur tout le quartier. C'était une construction en forme de pyramide qui comportait deux murs parallèles verticaux et deux murs inclinés qui s'élevaient vers une plate-forme au sommet, dissimulée la plupart du temps par les nuages bas traînant sur la ville. Le bâtiment était desservi par des ascenseurs extérieurs qui gravissaient les murs verticaux par groupes de deux. Les parois vitrées et les terrasses en gradins donnaient à l'édifice, malgré sa masse imposante et son allure de colline, un aspect aérien.

La rue s'arrêtait là, à la base du bâtiment, disparaissant sous un rectangle d'acier découpé dans le mur de béton. À l'approche de la limousine, la porte coulissa et la rue à l'intérieur de l'ouverture se transforma en une rampe qui descendait en pente douce vers un stationnement souterrain. Lorsque le véhicule se fut immobilisé, le chauffeur descendit et ouvrit la portière à son passager, sa corpulence ne le gênait en rien et ses gestes précis étaient exécutés avec une retenue étudiée comme s'il répétait les mouvements harmonieux et redoutables d'un art martial. Il devait se pencher pour tenir la poignée de la portière. Sur son vaste crâne, incliné et luisant, les lumières du plafond se reflétaient en le faisant briller. Hernyo descendit avec une certaine majesté, dans une main il tenait sa mallette et de l'autre il lissa les plis de son costume gris avec un geste précieux. « Merci, Igon », laissa-t-il tomber négligemment.

Aucun mépris ne teintait sa voix. Qu'était donc Igon pour lui ? Son garde du corps, certes, et son chauffeur aussi, à peine plus qu'un mécanisme faisant partie intégrante de sa limousine. Cet être lui était totalement subordonné car sans lui, Hernyo, sa vie n'avait aucune signification. Sans accorder plus de considération à cette réflexion, il se dirigea vers l'ascenseur qui l'emporterait vers ses appartements privés, tout en haut de l'édifice.

En entrant, il se dirigea droit vers son bureau, le centre névralgique des activités qui entouraient son entreprise. Il déposa sa mallette sur le meuble et s'approcha du mur vitré d'où il voyait la ville à ses pieds. D'ici, elle ressemblait à un assemblage de cubes bien ordonné, quadrillé par les lignes lumineuses des rues. De la clarté du jour, il ne restait rien ; les lumières tapissant sa topologie tourmentée parsemaient de petits halos clairs les surfaces exposées à la nuit semblable à un champ d'étoiles s'étendant dans toutes les directions. C'était sa ville, cette ville qui lui appartenait de plus en plus chaque jour et qu'il convoitait dans son entièreté. Il en possédait déjà des parties importantes et même certains quartiers. Ainsi, il avait une influence directe sur la vie de ces gens qui vivaient là, qui travaillaient là, qui s'y aimaient et s'y divertissaient. Une ville grouillante de vie à sa disposition, dépendant de son bon vouloir, de son humeur. C'était un sentiment de pouvoir inégalé.

Des espaces vides faisaient des taches sombres dans la densité urbaine étincelante ; les parcs, les terrains vagues, mais aussi des quartiers différents de par leur nature et qui ne participaient pas à la vie ambiante de la ville. Ces quartiers, assez peu peuplés, étaient des enclaves isolées, laissées à elles-mêmes et vivant dans un temps différent, à l'époque de leur splendeur révolue. Encombrés d'édifices anciens, parsemés de places exiguës, sillonnés de rues pavées et de venelles sombres, ces lieux étaient difficilement accessibles. Les rues importantes y conduisaient rarement et il arrivait presque toujours qu'un obstacle naturel dissuade les éventuels visiteurs d'y pénétrer. C'était, par exemple, une rue finissant en cul-de-sac devant un bouquet d'arbres ou un resserrement de la chaussée ou encore un virage abrupt laissant penser qu'au delà de cette limite toute circulation devenait impossible. Ainsi, sans heurts et sans contraintes violentes, les habitants de la ville, qui ne vivaient pas dans ces quartiers, les évitaient naturellement. Mais Hernyo, lui, trouvait ces quartiers fabuleusement intéressants, à cause surtout de leur potentiel immobilier. Justement, une de ces zones urbaines se trouvait là, sous ses pieds, la plus importante de toutes et qui occupait un vaste espace au centre. C'était le noyau de la ville, la partie la plus ancienne d'où elle s'était mise à pousser dans toutes les directions pour devenir cette pieuvre gigantesque, informe et monstrueuse, qui continuait de s'étendre avec vigueur. Elle apparaissait dans la nuit, à travers la brume de la pluie, telle une enceinte circulaire obscure. C'était bien ça, une enceinte, pensa Hernyo, un château médiéval protégé par un tertre en couronne, boisé et touffu, où poussaient entre les fûts des arbres une profusion de ronces et de taillis épineux, quasi impénétrables. De sa position, Hernyo ne voyait pas d'autre accès au quartier qu'un bout de rue qui se perdait sous un viaduc. À l'abri de ces murailles naturelles s'épanouissait un monde qui lui apparaissait être sans aucune utilité. Tous ces gens ne travaillaient pour personne, ils vivaient là pour rien, pour eux-mêmes seulement, sans participer à l'accroissement de la richesse de personne, ni d'ailleurs au développement d'une richesse quelconque. C'était une engeance à la limite du nuisible. Ils avaient des enfants dont ils prenaient le plus grand soin. Ils s'émerveillaient de leurs premiers pas et s'extasiaient de leurs premiers mots. Et pour quel résultat? Ces enfants en grandissant devenaient comme eux, des êtres insignifiants qui, à l'instar de leurs parents, existaient pour rien. Ils perpétuaient la nuisance. Bref, ils se reproduisaient et c'était dégoûtant. Ce n'était pas comme sa fille à lui, Cécilia Titanium Hernyo, qui était devenue une jeune femme exceptionnelle, douée d'un sens aigu des affaires, à qui il laisserait son empire en toute quiétude. Il la sentait déjà piaffer d'impatience devant ce monde qui n'attendait que d'être conquis. L'évocation de l'image de la jeune femme l'émut énormément. Sa fille, enfin, sa fille adoptive, car il n'entendait rien à cette histoire de reproduction et il n'imaginait pas ce que pouvait bien être cette affaire de sexe. Il l'avait adoptée alors qu'elle n'avait que trois ou quatre ans. Elle avait été trouvée dans les ruines d'un immeuble vétuste qu'il venait d'acquérir et qu'il avait confié à ses démolisseurs. Personne ne savait ce qu'il était advenu de ses parents. Mais la petite, elle, déambulait avec étonnement entre les pans de murs sur le point de s'effondrer. Hernyo avait été aussitôt conquis par ses grands yeux bleus sombres en amande, son visage de poupée eurasienne encadré de cheveux noirs lisses aux reflets bleutés. Il ne savait pas ce qui lui était arrivé ce jour-là, mais son monde avait subitement changé de centre de gravité.

Depuis, sans s'en rendre compte, il lui avait tout donné, et tout ce qu'il faisait était pour elle.

L'acquisition de ce quartier était essentielle dans son projet de conquête de la ville, un centre d'où son pouvoir rayonnerait et s'étendrait. Tout cela était là, en bas, à portée de la main. Hernyo tendit la main vers la vitre. À cette distance le quartier apparaissait si petit qu'il pouvait tenir dans la paume, il suffisait de refermer les doigts dessus. La pluie tombait plus fort et une rafale de vent projeta contre la vitre des gouttes qui crépitèrent sur la surface comme une salve de projectiles. Hernyo, tiré de sa réflexion, recula instinctivement d'un pas. Le plafond de nuages descendait en enveloppant le sommet de l'édifice dans une ouate grise. La ville s'estompa dans la brume et le quartier disparut peu à peu sous ses yeux, semblant lui échapper.

III

Hernyo s'était trompé, le bout de rue qui disparaissait sous le viaduc n'était pas le seul accès au quartier. Bien au-dessous de la surface du sol, dans le silence tiède de la terre, sommeillait une station de métro, la seule qui avait autrefois desservi le quartier. Elle était désaffectée depuis longtemps et les rames ne s'y arrêtaient plus ; la ligne à cet endroit était peu fréquentée, ce qui faisait que le nombre de trains était réduit à un minimum. Otto connaissait bien les heures de passage du métro qui variaient d'un quart d'heure dans un sens ou dans l'autre.

Un grondement lointain annonça l'arrivée du train et le tira de sa rêverie. Les phares de la rame apparurent dans un concert de cliquetis mécanique. En arrivant dans la station, le train ralentit en roulant entre les quais, suffisamment pour permettre à Otto de sauter sur le marche-pied de la dernière voiture et de s'y accrocher. De là, il n'eut aucune difficulté à pénétrer à l'intérieur du véhicule. Quelques voyageurs le regardèrent avec hébétude et indifférence. Le métro continua d'avancer dans son vacarme de ferraille. Otto resta debout, son trajet devant être court.

À destination, il se dirigea vers la sortie. À peine dehors, il se retrouva au milieu d'une foule dense. Le brouhaha et les odeurs de mets frits flottant dans l'air donnaient à la rue une atmosphère de liesse. Il était toujours surpris par l'animation de ces lieux, étonné par l'opulence des vitrines et l'air de richesse des passants. Dans son quartier, tout était plus calme, plus feutré et, dans un sens, plus confortable aussi. Ici, les gens paraissaient affairés et couraient sans cesse pour accomplir mille choses, chaque instant était vécu avec intensité. Dans ces endroits de grande agitation, il se sentait inutile, n'ayant rien de précis à faire, et c'est justement ce sentiment qui lui donnait l'impression de vivre dans une sorte de luxe. Le luxe du temps dont il disposait en abondance et qu'il pouvait utiliser à son rythme, à sa mesure. Il regardait cette foule autour de lui avec un intérêt d'entomologiste. Ce va-et-vient le fascinait et l'amusait en même temps. Il restait sur place à observer, ce fait en soi était déjà suspect, il fut peu à peu poussé par la foule vers un mur, et là, entre deux vitrines, il découvrit une sorte d'îlot, havre de paix dans la houle humaine. Des hommes, des femmes, marchaient vite devant lui, si vite qu'il arrivait à peine identifier leur genre. Plus loin, sur la chaussée, des voitures se déplaçaient avec une lenteur extrême. Aussi loin que se portait son regard, ce n'était que des files de véhicules bien alignés et collés les uns aux autres comme des perles multicolores enfilées sur un collier. Devant lui se déplaçait au rythme de la circulation une voiture de sport décapotable rouge cerise. Sur le siège de cuir beige, une jeune femme scrutait la file de voitures devant elle avec l'air de rouler à grande vitesse. Elle paraissait entièrement absorbée par sa conduite. Mais elle n'avançait pas et Otto eut tout le loisir de l'observer. Ses cheveux noirs aux reflets bleus, coupés net au niveau des épaules, lui faisaient comme un casque contrastant avec la blancheur laiteuse de sa peau. Elle était vêtue de noir. Otto ne pouvait voir de sa position son corps en entier, mais le décolleté profond de son chemisier révélait qu'elle avait une poitrine admirablement proportionnée à son buste. Au-dessus, se découpait le profil de son visage aux lignes pures et juvéniles ; un front haut et droit, un nez court, des lèvres charnues bien dessinées, un menton à peine volontaire. Il se dégageait d'elle une impression ambiguë de douceur et de fermeté que tempérait une légère moue boudeuse, due sans doute à la contrariété imposée par la circulation.

Otto s'approcha de la voiture qui n'avançait pas plus vite qu'un piéton. La jeune femme était imperturbable, elle restait concentrée sur sa conduite, indifférente au monde qui l'entourait. Tout à coup, le véhicule fit un bond en avant et s'immobilisa dans un soubresaut. La portière s'ouvrit brutalement et la jeune femme jaillit de la voiture pour se diriger aussitôt vers l'arrière. Elle inspecta le pare-choc que venait de tamponner le véhicule derrière le sien. Non, aucun dégât. Elle lança cependant au conducteur un regard mauvais qui incita celui-ci à ne pas descendre, puis elle se détourna d'un geste vif qui trahit son agacement et retourna à son volant. Avant de monter, elle aperçut Otto qui se tenait là, badaud désœuvré. Elle jeta sur lui un regard sans curiosité comme s'il n'avait été qu'un objet abandonné sur le trottoir. Ses yeux sombres et immenses le balayèrent de haut en bas avec la dureté d'un faisceau de rayon X. Que voulait cet inconnu ? Qu'avait-il à l'observer ainsi près de sa voiture ? C'était presque une intrusion ! Otto reçut ce regard tel une onde de choc. Il resta cloué sur place et son corps lui parut devenir soudain encombrant. Le monde

autour de lui disparut, dissipé dans une grisaille ano-
nyme qui absorbait même les sons. Plus de formes,
plus de couleurs, plus de brouhaha, il ne restait que
cette femme aux gestes fluides, aux yeux démesurés et
pénétrants qui fouillait son âme. Il aurait voulu sourire,
dire quelques mots. Mais avant qu'il ait pu se ressaisir
et mobiliser sa volonté pour esquisser un mouvement,
elle était déjà assise derrière le volant. La rue venait de
se dégager et de la masse rouge du véhicule qui s'éloignait rapidement n'était visible que la masse de cheveux noirs flottant au vent. Crucifié, Otto la regardait
disparaître. La reverrait-il jamais ? Il se mit à courir à
sa poursuite, mais sans espoir, la voiture roulait maintenant à vive allure comme pour se défouler de la frustra-
tion de tant d'attente dans la circulation. Otto ralentit sa
course et au bout de quelques enjambées s'arrêta hors
d'haleine et désespéré. Contre toute attente, la voiture
ralentit aussi, tourna dans une rue transversale, franchit un espace verdoyant pour s'arrêter au pied d'une
très haute structure. Là, une porte s'ouvrit dans le mur
et la voiture disparut dans le rectangle sombre de l'ouverture.

Otto se mit à marcher dans la direction de cette
construction. Il voyait presque tous les jours ce bâtiment, mais sans y porter vraiment attention. L'édifice
s'élevait très haut, son sommet se perdant dans les
nuages de sorte qu'il était difficile d'en évaluer la hauteur. Pendant qu'il contemplait l'immense construction, un ascenseur extérieur commença à se déplacer.
La cabine était oblongue et la paroi transparente qui
l'enveloppait offrait aux passagers une vue panora-
mique de la ville au fur et à mesure de leur élévation,

mais eux aussi pouvaient être vus de l'extérieur. À cette distance, Otto voyait bien la silhouette noire et élégante qui montait et qui paraissait regarder aussi dans sa direction. Il ne l'avait donc pas perdue, c'était bien elle, il la reconnaissait sans erreur, elle devait habiter là, ou ne venait-elle qu'en visite ? Il observa la cabine monter et s'arrêter à mi-chemin de sa course. La jeune femme quitta l'ascenseur qui, n'ayant pas été appelé à un autre étage, resta suspendu comme un gros fruit luisant. Otto compta les étages et en prit note. Il s'installa sous un arbre du parc qui entourait l'édifice et, accroupi, le dos appuyé au tronc, il attendit la nuit.

Le reste de la journée s'écoula sans événement notable. Vers la fin de l'après-midi, une pluie légère commença à tomber avec un doux tambourinement sur le feuillage des arbres. Otto se redressa pour déplier ses jambes et s'étirer. L'obscurité en descendant sur la ville en allumait les lumières et bientôt toutes les fenêtres du bâtiment furent illuminées. Otto estima que le temps était venu d'agir. Il jeta un coup d'œil alentour pour s'assurer que personne ne le voyait, puis, satisfait, il se dirigea d'un pas assuré vers le bâtiment. Arrivé au pied de la structure, il s'attarda à évaluer la hauteur de l'étage où il voulait aller. La cabine de l'ascenseur était toujours là, elle n'avait pas bougé depuis que sa passagère l'avait quittée. Otto estima ce repère pratique. Il s'approcha du bâtiment, là où la nervure de béton supportant les rails de l'ascenseur faisait un angle de quatre-vingt-dix degrés avec le mur, et il palpa la surface rugueuse. Des cannelures horizontales rayaient les deux surfaces à intervalles réguliers et offraient ainsi des points d'appui idéals. Il s'élança vers l'encoignure et commença à gravir la paroi. Ses mains trouvaient facilement des prises et ses pieds, chaussés de souliers légers à la semelle souple de caoutchouc, s'accrochaient avec aisance aux aspérités des murs. Il montait vite et la ville sous lui s'enfonçait peu à peu. Il parvint bientôt sous la cabine de l'ascenseur. Celle-ci obstruait l'ouverture d'accès au bâtiment. Otto sortit de la poche de son blouson un couteau et entreprit d'enlever les vis qui retenaient la trappe dans le plancher du véhicule. La plaque, retenue d'un côté par des charnières, bascula, démasquant un trou carré assez grand pour s'y introduire. Otto entra aussitôt dans la cabine. Il n'eut qu'à appuyer sur le bouton actionnant les portes et celles-ci s'ouvrirent, laissant le passage libre vers l'étage. Il pénétra d'abord dans un vestibule exigu, en face de lui une autre porte permettait d'accéder aux appartements. Il tourna la poignée, la porte n'était pas verrouillée, elle s'ouvrit aisément. Avant d'entrer, Otto écouta les bruits du bâtiment pour voir si sa présence n'avait pas été détectée. Mais rien ne bougeait, les lieux baignaient dans un silence paisible. Encouragé par cette absence de réaction, il s'avança dans le salon éclairé çà et là par des lampes dont la lumière dessinait de grandes ellipses sur les murs lisses et clairs. La décoration et le mobilier étaient modernes et luxueux, tout en cuir, verre et chrome ; il s'en dégageait une impression d'opulence et de prétention ou d'arrogance, il n'arrivait pas à trancher. Il flottait dans l'air un agréable parfum féminin, frais et joyeux. Il sut aussitôt que la jeune femme habitait là. Ce que lui confirma une voix de contralto aux inflexions douces et graves retentissant dans son dos.

— Ne bougez pas ! Je suis armée ! Levez les mains !

Otto leva les bras mollement. Il s'était attendu à un événement de ce genre. En fait, il était ravi et il resta figé sans rien tenter. La jeune femme le contourna en décrivant avec prudence un grand cercle et elle apparut enfin dans son champ de vision. Il remarqua qu'elle s'était changée ; elle portait un pantalon sombre satiné et un maillot moulant noir. Maintenant qu'Otto la voyait de plus près, il la trouvait encore plus belle que l'après-midi dans la rue. Sa peau était si lisse et si blanche et elle était coiffée avec tellement de soin que chaque cheveu semblait avoir été placé un à un. Elle tenait dans la main un minuscule revolver chromé joli comme un bijou.

— Qui êtes-vous ? Que voulez-vous ? Que faites-vous ici ?

Malgré ces paroles dures et l'arme pointée sur lui, Otto restait sous le charme et il pensa que rien ne pourrait rompre l'envoûtement.

— Que de questions… À laquelle voulez-vous que je réponde en premier ?

— Je vous ai déjà vu quelque part. Ah ! Mais oui, cet après-midi dans la rue, dit-elle en s'approchant d'un pas.

— Je vois que je vous ai laissé une impression impérissable, se permit-il en souriant.

— Vous m'avez suivie ! Comment avez-vous fait pour entrer sans déclencher l'alarme ?

Malgré sa situation difficile, elle avait l'air sûr d'elle et gardait une apparence de calme. Otto ne décelait dans sa voix aucune peur, que les accents caressants qui caractérisaient son timbre si particulier.

— La porte était ouverte, dit-il ironiquement.

Le regard d'Otto accrocha le sien et il eut l'impression que ses yeux brillants jetaient sur lui une clarté semblable à un rayon de soleil.

— Comment vous appelez-vous ? reprit-elle.

— Otto. Et vous ?

— Plus fort que l'acier, répondit-elle. Vous avez donc grimpé jusqu'ici pour des mondanités ?

Otto ne comprit pas ce qu'elle voulait dire et il ne répondit pas. Ils restèrent à se regarder en silence un long moment.

— Déshabillez-vous ! lança-t-elle avec autorité.

Otto considéra l'arme menaçante dont l'œil noir le suivait avec insistance. Puis, avec des gestes d'une infinie lenteur, il entreprit d'ôter ses vêtements un à un. Il se demandait pourquoi elle exigeait cela, mais il savait d'instinct que malgré tout ce qu'il imaginerait, il serait dans l'erreur. Son blouson gisait à ses pieds, ainsi que son maillot et il s'apprêtait à enlever son pantalon ; ce geste paraissait lui demander un effort surnaturel. Lorsqu'il releva la tête, la jeune femme avait disparu, du moins il ne la voyait plus. Il se sentit ridicule d'être au milieu de cette grande pièce en caleçon.

— Bravo ! Vous avez un corps d'athlète !

La voix de la jeune femme retentit derrière lui, mais elle sonnait étouffée, comme sortant d'une boîte. Otto se retourna. Elle était là pourtant à quelques mètres de lui, mais une paroi de verre les séparait. La jeune femme se trouvait dans un grand tube à la paroi transparente qui traversait la pièce verticalement. Son arme n'était plus pointée sur lui et elle riait d'un rire gai et sonore. Debout sur une étroite plate-forme circulaire, elle s'élevait dans les airs. Sa tête s'enfonça dans le plafond, son corps suivit. Otto ne voyait plus que ses jambes et elle disparut lorsque la plate-forme s'immobilisa, formant un bouchon dans l'ouverture. Un ascenseur à piston, pensa Otto en contemplant la longue tige de métal luisant qui occupait le centre du tube. Il n'eut pas le temps d'admirer l'appareil plus longuement. Au son strident qui emplit les lieux, il comprit que l'alarme avait été déclenchée. Il se rhabilla vite et s'élança vers la porte par laquelle il était arrivé. L'ascenseur était toujours là et sa trappe ouverte se balançait lentement sous l'effet du vent. Otto s'engouffra dans le trou étroit et, quelques instants plus tard, il était de nouveau agrippé à la paroi verticale du bâtiment. La surface rugueuse, ruisselante de pluie, était visqueuse et glissante, mais Otto retrouva rapidement les mêmes prises qui lui avaient permis d'escalader le mur et il entreprit sa descente. L'ascenseur s'ébranla soudain et, passant à quelques centimètres de lui, glissa sur ses rails jusqu'au pied de l'édifice.

Otto resta accroché au mur nu, araignée insolite tapie contre la paroi, paraissant attendre un moment propice. Puis il pensa que si l'alarme avait été donnée, on pouvait l'attendre en bas. Aussi, par prudence, il se déplaça latéralement pour descendre le long d'une autre nervure. À l'agitation qui entoura l'arrivée de la cabine, il comprit que son raisonnement était juste. Il décida d'attendre encore avant de continuer sa descente, il savait que sa sécurité n'était que très relative et dépendait en grande partie du couvert que lui procurait la nuit. Il s'interrogea sur le comportement de la jeune femme. Comment avait-elle dit qu'elle s'appelait ? Non, elle ne l'avait pas dit. Son attitude n'avait pas paru hostile, Otto estimait même qu'à certains égards elle avait été amicale. Malgré son intrusion chez elle, elle lui avait donné une chance de s'échapper. Pourquoi avait-elle agi ainsi ? Elle avait sans doute à sa disposition des moyens plus efficaces de se débarrasser de lui, elle aurait pu par exemple appeler à l'aide alors qu'elle le tenait sous la menace de son arme, mais elle s'en était abstenue. Otto se demandait ce qu'il aurait fait à sa place. Il parvenait difficilement à imaginer ce que cela représentait que d'être à sa place ; elle vivait dans un monde différent qu'Otto ne comprenait pas bien et qu'il ne devinait que par ses manifestations extérieures. En bas, le calme était revenu. Avait-on abandonné les recherches ? Il descendit le long du mur et se laissa choir sur le sol. Il resta là, accroupi, à guetter la nuit. Il perçut près de lui un bruit de pas lourds foulant la terre détrempée. Une ombre se profila devant lui sans détecter sa présence ; puis le silence revint à peine troublé par le bruissement de la pluie. Otto se redressa et se dirigea vers la ville, vivante et animée. Arrivé à la rue la plus proche, il se retourna pour regarder l'édifice dont le haut semblait s'évaporer dans le nuage. Il pensa à la jeune femme qui était là haut quelque part et il se demanda ce qu'elle faisait à cet instant précis. Il sourit et se mit en marche vers les rues scintillantes.

IV

Voilà cinq jours qu'Arnold Grub n'avait quitté son bureau. Il appelait pompeusement « bureau » le misérable réduit aux murs tapissés d'écrans qui ressemblait plus à une tanière qu'à un quelconque lieu de travail. Ce local depuis deux ans était son univers. Une pièce sans fenêtre dont chaque centimètre carré était occupé par un écran de surveillance. Ces écrans permettaient de voir ce qui se passait partout dans la ville en retransmettant ce que captaient les innombrables caméras placées judicieusement dans tous les endroits importants.

Arnold Grub avait toujours travaillé pour Hernyo et ses fonctions, imprécises, avaient pour dénominateur commun la défense des intérêts de ce dernier. Tâche dont il s'était acquitté fort bien et même avec zèle car il avait compris très vite que si les affaires de Hernyo prospéraient, son bien-être personnel ne pouvait qu'en être accru. Jusqu'à un certain point, il s'en rendait compte maintenant alors que ses mains glissaient sur le métal poli des roues de son fauteuil roulant dans une sorte de caresse. D'un geste adroit, il fit pivoter son véhicule pour mieux voir l'ensemble des écrans qui tapissaient le mur à sa droite. Des gens qui allaient, venaient, vaquaient à leurs mille occupations sans savoir qu'on les épiait. Si la surveillance se bornait en général à l'observation passive des foules, il était par contre possible de suivre une personne en particulier dans tous les lieux publics où elle se déplaçait. Hernyo était un homme prévoyant et méticuleux qui laissait peu de place au hasard. Il convoitait la ville tout entière et, en tant que propriétaire potentiel, il gardait un œil vigilant sur elle.

Lorsque Arnold se penchait sur son passé, nul cheminement tortueux parsemé de hasards heureux ne se présentait à son regard. Il voyait plutôt, issue d'un point lointain, une route rectiligne dont la surface lisse aux reflets métalliques s'étirait jusqu'à lui, directe et brutale comme la hampe d'une flèche d'arbalète. Il était né là-bas, maintenant il était ici, et considérait ce parcours avec une certaine absence d'émotion. Il avait débuté au service de Hernyo à un âge assez jeune pour que cet événement ne laissât qu'une trace infime dans sa mémoire. Il se souvenait surtout de l'exaltation qu'il avait ressentie chaque fois qu'il s'était acquitté avec succès d'un travail qu'on lui avait confié. Travail était un mot générique qui désignait les opérations destinées à écarter, sans égard aux moyens, toute menace pour les affaires de Hernyo. Mais les gens étant ce qu'ils sont, ces opérations finissaient le plus souvent par prendre une tournure violente. Les quartiers dans lesquels ils intervenaient étaient leurs domaines exclusifs où ils avaient tous les droits. Arnold n'agissait jamais seul et il ne lui vint pas à l'idée de s'attarder aux conséquences de leurs actions, c'était comme si la responsabilité morale de leurs activités était diluée par leur nombre dans une sorte de processus de division. Et puis, il était jeune et fort, enivré de sa puissance, livré entièrement à ce flux d'adrénaline qui parcourait ses veines et faisait vibrer son corps. C'était grisant ce pouvoir qu'ils avaient sur les gens, d'entrer chez eux, de faire ce qu'ils voulaient, la plupart du temps sans la moindre résistance de leur part. Mais parfois ils résistaient, c'est ce que Arnold aimait le plus ; alors sa violence devenait justifiée et il se laissait happer par l'haleine chaude de ce monde rouge et sourd. Il ne sentait ni douleur ni colère ; il n'y avait plus qu'une continuité intemporelle qui semblait s'écouler au ralenti. Rien ne pouvait l'atteindre, le monde tournoyait autour de lui dans une confusion molle d'objets renversés, de corps tombant inanimés et de hurlements de femmes violentées. Lorsque cela s'arrêtait, il sortait de son état avec hébétude. Il restait épuisé ; dans sa tête ne subsistait plus qu'un calme immense comme un océan et il trouvait que c'était immensément satisfaisant.

Il avait vécu ainsi dans une sorte de bonheur animal où tout arrivait d'un coup selon l'humeur du moment. Et puis un jour, sa vie avait changé à l'instant où son corps s'était écrasé sur la surface dure du fond d'un puits d'ascenseur. Il y était tombé par accident, croyait-il. À son réveil, il ne se souvenait de rien. Il n'avait pas eu mal, mais il ne pouvait plus bouger le bas de son corps depuis la ceinture. Il avait pensé que c'était temporaire et que cela passerait, mais cela n'avait pas passé. Hernyo, dans sa mansuétude, pour le récompenser de ses loyaux services, l'avait réaffecté dans son administration. Et Arnold s'était retrouvé dans un monde qu'il n'avait jusque-là qu'entrevu au cours de ses expéditions débridées. Un univers programmé où tout s'accomplissait avec une régularité de métronome. Avec des moments pour le travail, des moments pour les repas et d'autres pour le repos. Les journées se suivaient identiques dans une répétition qui lui paraissait infinie, de sorte qu'il avait perdu rapidement la notion du temps. On lui avait donné un beau fauteuil roulant chromé et son travail consistait désormais à surveiller la ville en général, et quelques personnes en particulier, qu'il pouvait suivre à l'aide des caméras jusque dans leurs retranchements les plus intimes. Il était devenu les yeux de Hernyo, omniprésents dans la ville, un esprit qui hantait tous les lieux. Au début cela l'amusa. Il pouvait suivre ses amis dans leurs pérégrinations et avoir ainsi l'illusion de participer à leurs expéditions et de faire encore partie de leur groupe. Mais il se lassa vite de cet ersatz d'action. Pour la première fois de sa vie, il était désemparé et il devint attentif à ce qui l'entourait. Sa vie avait irrémédiablement changé et il comprit que c'était là où il se trouvait qu'il devait chercher les signes de son existence future. Il découvrit ainsi avec surprise que le personnel de l'administration de Hernyo était uniquement composé de femmes. Efficaces, serviles et loyales, elles formaient une vaste sororité unie par des liens dont la nature lui échappait. Elles étaient ponctuelles et fiables, toujours présentes là où leur présence était nécessaire. Elles vivaient des vies ternes dans l'accomplissement serein de tâches insipides et, malgré ses efforts, Arnold n'arrivait pas à saisir ce qui les faisait marcher. Au début de son arrivée parmi elles, elles s'étaient vivement intéressées à lui. Elles avaient été gentilles, certaines avaient même été prévenantes. Mais lorsqu'elles s'étaient rendu compte de l'étendue de son infirmité, elles l'avaient peu à peu abandonné, sans brutalité mais définitivement. Il s'était senti lui aussi devenir banal. Bientôt, il se sentit relégué au niveau de meuble. Sa différence, qui de prime abord avait été un facteur d'intérêt, ne contribuait plus qu'à son isolement.

Depuis longtemps il s'était adapté aux horaires réguliers de travail. Il habitait un studio, spécialement aménagé pour ses besoins, qu'il quittait le matin et qu'il regagnait le soir après une longue journée sans événement. L'ennui de ses quatre murs le poussa bientôt à rester plus longtemps à son lieu de travail, lequel devint une sorte de second domicile. Et puis la perspective de rentrer dans son cagibi tous les soirs, sous la pluie, éclaboussé par les roues de son fauteuil franchissant les flaques d'eau, le rebuta. Il avait décidé, cinq jours auparavant, de mettre fin à ces va-et-vient ridicules et de rester au bureau en permanence. Depuis, il vivait en contact étroit avec la ville vingt-quatre heures par jour. C'était plus qu'un contact, c'était une sorte de communion qui lui permettait d'être partout dans la ville en même temps et de faire partie d'elle d'une certaine façon. Il était devenu la ville elle-même. Ses seuls moments d'absence étaient les périodes de sommeil, mais il s'éveillait souvent en pleine nuit et reprenait son observation. La nuit, il l'avait déjà si souvent remarqué, était pleine de surprises. La nuit, les gens ne se comportaient pas comme le jour. La nuit portait en elle toutes les possibilités, tous les espoirs et toutes les folies. Pas plus tard que la nuit dernière, n'avait-il pas vu un homme escalader l'édifice Hernyo ? Il en descendait plutôt. À l'agitation qui avait régné sur les lieux, il avait deviné qu'on le cherchait. Il avait très bien vu l'homme et il se rappelait son visage, son allure et ses vêtements inhabituels qui ne le gênaient pas dans ses acrobaties. Il l'avait suivi dans les rues sombres pendant un bon moment, jusqu'à ce qu'il disparaisse sous un viaduc qui menait dans un de ces quartiers anciens où personne n'allait plus, à cause de leur accès difficile, et où aucune caméra n'était installée. Lorsqu'il marchait encore, il avait eu à faire quelques fois dans ces endroits ; il lui restait le souvenir de rues désertes, de bâtiments vieux et délabrés où vivaient des gens isolés du reste de la ville dans des conditions d'existence rudimentaires, voire primitives. L'homme devait vivre là, sinon il ne s'y serait pas aventuré, surtout de nuit. Tous ces faits conféraient au lieu une atmosphère de mystère qui suscitait en Arnold un vif intérêt, donnant presque un sens, une couleur, à la grisaille de ses jours.

V

Lorsque Otto s'éveilla, il constata deux choses : la première était qu'il avait une faim terrible, il se souvint qu'il n'avait rien mangé depuis la veille au matin, et la deuxième, en voyant l'intensité de la lumière qui entrait par les fenêtres, que la matinée était déjà bien entamée. Il se leva d'un mouvement preste et souple, plein de l'énergie qu'avait laissée une bonne nuit de sommeil, il s'approcha des grandes fenêtres qui occupaient presque entièrement l'un des murs de la chambre. Dehors, il ne voyait personne, une pluie discrète tombait en gouttes fines. Il s'habilla rapidement et se rendit compte, ce faisant, qu'il n'avait rien à manger dans la maison, il décida donc de sortir pour rapporter de quoi faire un bon repas. Dans le couloir, il ne rencontra personne, ni d'ailleurs dans l'escalier. En franchissant la porte principale de l'immeuble, il fut accueilli par l'odeur d'humidité de la rue. Une rue large bordée d'arbres très verts au pied desquels foisonnaient dans un désordre vigoureux des buissons imprécis. Il aperçut sur le trottoir quelques personnes qu'il ne s'attarda pas à reconnaître et, tenaillé par la faim, il se dirigea vers une boulangerie proche.

Si la clarté était plus intense, le soleil n'était pas pour autant visible et en longeant le mur de son immeuble, seule son ombre diffuse se profilait sur les surfaces. Au bout du bâtiment, prolongeant la façade, commençait un autre immeuble semblable au sien et dont il connaissait bien les habitants. Arrivé à la hauteur de la porte principale, il constata que l'un des battants était ouvert. Il pensa qu'on avait laissé la porte ouverte pour aérer un peu le hall d'entrée, mais en s'approchant davantage, il entendit la voix chevrotante du vieux concierge protester ou supplier, il ne parvenait pas à faire la distinction à cette distance. En entrant, il aperçut un homme vêtu de noir lui tournant le dos et qui menaçait le vieux avec un objet qu'il tenait dans la main.

— Je ne peux pas vous le dire ! Je ne sais pas, je ne sais rien ! Laissez-moi, laissez-moi ! psalmodiait ce dernier de sa voix tremblante que l'émotion rendait encore plus pathétique.

Otto s'approcha en silence et se plaça de façon à voir l'homme sans que celui-ci puisse l'apercevoir. Il ôta avec précaution la chaîne à sa ceinture et la tint à la main. Le concierge était penché en avant, son front appuyé contre le mur du couloir et ses mains de chaque côté de la tête. Dans son dos, l'homme braquait sur lui un revolver dont le canon noir s'enfonçait dans la chair de la nuque. D'une voix rauque et brutale, il entonna :

— Un, deux, trois, Nous irons au bois.

Il examina l'arme soigneusement tout en continuant de parler.

— Quatre, cinq, six, Cueillir des cerises.

Il vérifia que le revolver fût bien chargé.

— Sept, huit, neuf, Dans un panier neuf.

Il ôta le cran de sûreté et enfonça l'arme un peu plus dans la chair du vieil homme.

— Dix, onze, douze, Elles seront toutes rouges.

Au moment où il allait appuyer sur la gâchette, un sifflement bref retentit dans l'air et la chaîne d'Otto s'abattit avec force sur le poignet de l'homme. Celui-ci lâcha son arme en poussant un hurlement de douleur. Son poignet était fracturé et sa main pendait, inerte et molle, comme un appendice inutile. D'un second jet adroit, Otto lança la chaîne qui s'enroula autour du cou de son adversaire et le fit basculer en arrière en tirant d'un coup sec et vigoureux. Le concierge se laissa tomber à genoux et se blottit dans l'angle du mur. Seuls s'entendaient les râles de l'homme se débattant, allongé sur le sol. La chaîne autour de son cou, tel un serpent étincelant, l'étranglait davantage à chaque mouvement. Soudain, venant de l'escalier, un faible crépitement retentit et le mur près d'Otto se creusa de petits trous d'où fusèrent des éclats de pierre. Il se jeta dans cette direction, replié sur lui-même en roulant sur le sol. Au passage il dégagea sa chaîne de sorte que lorsqu'il arriva au pied de l'escalier, il était de nouveau prêt à frapper. Là se tenait un autre homme qui tentait de le mettre en joue avec son arme. Surpris par cette manœuvre rapide, il eut un mouvement de recul, mais l'extrémité de la chaîne claquait déjà sur sa main. L'homme poussa un cri. Le revolver qu'il tenait tomba à ses pieds et rebondit sur les marches avec un bruit lourd de métal avant de s'immobiliser hors de sa portée. Il n'eut pas le temps de réagir, un autre coup le frappa en plein visage, le rayant d'une longue balafre rouge. Il bascula en arrière en poussant une plainte étouffée, de sa main valide il tenta de se protéger la figure. Otto se redressa et s'approcha de lui, sa chaîne dans la main, prêt à frapper encore. Mais l'homme se recroquevilla, apeuré, en poussant des glapissements d'animal blessé.

Otto revint vers le concierge. Le vieil homme était couché par terre et ne bougeait pas, sous lui s'étalait une flaque de liquide rouge. Il avait un trou rond dans le front d'où s'écoulait un mince filet de sang. Il avait dû être atteint par une balle perdue. Pendant qu'il examinait le corps du vieux, il entendit derrière lui un bruit de pas rapides ; puis la porte d'entrée claqua. Il se retourna vivement, prêt à repousser une nouvelle attaque, mais les deux hommes avaient disparu. Il se précipita à leur poursuite. Dehors, il ne trouva personne. Non loin de là, une voiture démarra en trombe dans un nuage de fumée avec un son strident de pneus. Otto regarda impuissant s'enfuir les agresseurs. Que voulaient-ils ? Que cherchaient-ils dans ce quartier modeste ? Leur motif devait être important pour qu'ils soient prêts à tuer un homme. Il regarda du côté de l'immeuble. Il n'avait pas envie de retourner près du corps du concierge. La rue devant lui était silencieuse et impassible. Tout paraissait indifférent au drame qui venait de se dérouler. La vie continuait insouciante. Il avait déjà été frappé par ce paradoxe, mais il n'arrivait jamais à s'y habituer. Soudain, il n'eut plus envie de rien. Avec lassitude ou dégoût, il ne savait trop, il enroula sa chaîne et l'accrocha à sa ceinture. Ayant oublié le but de sa sortie, il remonta la rue en direction de la clarté qui illuminait le ciel.

VI

Assis à son bureau, Hernyo considérait la surface sombre de l'imposant meuble devant lui. Le sous-main, qui occupait un quart de la surface, était placé à égales distances des côtés latéraux du bureau. À sa droite, à portée de main, une lampe avec un abat jour de laiton était posée ; symétriquement, de l'autre côté, à gauche du sous-main, se trouvait un téléphone. Face à lui, parallèlement au bord du meuble, un encrier double et décoratif. De chaque côté de celui-ci, deux coupe-papier en forme d'épées pointant vers l'encrier. Au delà, trois presse-papier identiques en verre coloré s'alignaient comme de gros points de suspension. Au milieu de la surface crème du sous-main, bordée par deux bandes de cuir brun gaufré, une feuille blanche était disposée avec, posé en travers à l'oblique, un stylo plume noir telle une touche de fantaisie dans ce monde de lignes symétriques. Hernyo aimait l'ordre, parce que l'ordre annonçait un monde contrôlé et pré-visible où tout s'accomplissait avec précision, efficaci-té. Il détestait les surprises et les événements inatten-dus.

Il avait entrepris, quelque trente ans auparavant, la conquête de la ville. Il avait commencé par faire l'acqui-sition d'un modeste bâtiment vieillot dans un quartier populaire. À l'époque, cet achat apparaissait insignifiant et passait tout à fait inaperçu parmi les nombreuses transactions qui s'effectuaient sur des échelles bien plus importantes. Mais Hernyo persista et continua la poursuite des objectifs qu'il s'était fixés. Il acheta ensuite d'autres immeubles aux alentours et, petit à petit, le quartier entier devint sa propriété. Fort des assises financières de sa prospérité, il entreprit de s'attaquer avec la même méthode aux quartiers limitrophes. S'il avait été crédule, il aurait pensé que la chance lui souriait, mais il n'en était rien, il savait que son succès était dû à la rigueur avec laquelle il menait ses affaires et son bon sens lui enjoignait de continuer dans cette voie. Désormais son ambition était de posséder la ville entière. Il aimait à penser qu'il l'acquérait par petits morceaux ou par petites bouchées. D'ailleurs son nom Hernyo, dans la langue obscure de ses origines, ne voulait-il pas dire « chenille » ? Voilà qui expliquait sans doute le fait qu'il n'avait pas un poil sur le corps. Hormis les cils et les sourcils, qui lui paraissaient parfois incongrus sur sa personne, sa peau jaunâtre le couvrait comme une enveloppe homogène. Et lorsqu'il regardait sa réflexion dans un miroir ou une vitre, il s'étonnait toujours de cette lumière égale qui illuminait son crâne parfaitement sphérique. Ses yeux ronds cerclés de rose et sa bouche large aux lèvres épaisses lui donnaient un air exotique, indéfinissable et assez peu humain. Il était chenille et, telle une chenille, il grignotait la ville avec obstination. Lorsqu'il aurait terminé, il se changerait en un papillon magnifique. Cette image lui plaisait. Un papillon aux couleurs merveilleuses qui voletterait avec légèreté exposant aux rayons bienfaisants d'un soleil idéal ses ailes aux écailles fines que ne mouillerait aucune pluie. Pour le moment, il était chenille, être vulnérable soumis aux rigueurs de la gravité qui l'obligeait à ramper pour se déplacer. Toute sa personne était d'ailleurs captivée par ce mouvement de reptation, jusqu'à sa pensée qui suivait un cheminement instinctif aux méandres lents et linéaires. Pour cette raison, il accordait une très grande considération à ce qui l'entourait. Les couches tégumentaires qui le composaient et qui le séparaient des son environnement, sa peau, ses vêtements, sa demeure et sa ville, revêtaient une importance essentielle. Tout cela faisait partie de lui, des couches superposées et protectrices qui enserraient dans leur centre unique cet amas de chair fragile, vital, qui palpitait dans son insécurité tel un cœur minuscule. Ce cœur qui deviendrait un jour le cœur de la ville dans l'accomplissement de sa finalité. Mais le chemin semblait encore bien long. Si son influence sur la ville grandissait, il restait des zones qui lui échappaient, créant des vides dans son autorité tels des trous dans un fromage. N'avait-il pas tous les jours sous les yeux ce quartier qu'il convoitait depuis longtemps déjà et qu'il ne pouvait entamer par aucun côté ? N'avait-il pas essayé hier encore de faire l'acquisition, de façon tout à fait honnête, d'un bâtiment ? Il est vrai que l'affaire avait mal tourné à cause de l'obstination stupide des gens qui y habitaient. Il devait reconnaître aussi que ses hommes étaient dénués de talent pour ce genre d'opérations délicates où la douceur et la persuasion devaient prévaloir. Il ne ferait plus désormais ce genre d'erreur. Cela finirait par se retourner contre lui à la longue. Il lui fallait développer une stratégie qui lui permettrait de prendre pied dans ce lieu, de le diviser en d'innombrables morceaux qu'il pourrait absorber plus aisément. C'était bien là une stratégie en harmonie avec sa nature profonde, une stratégie de chenille. Pendant qu'il réfléchissait à développer un plan, il se leva machinalement pour s'approcher du mur vitré du bureau. Là, bien en dessous, s'étendait devant lui ce quartier tant convoité, replié sur lui-même derrière les contreforts naturels qui paraissaient le protéger telle une cité moyenâgeuse, enveloppée dans la brume humide dont l'haleine fétide pourrissait davantage ses murs lépreux. Il fallait trouver une ruse en accord avec le caractère de ce lieu, une manière d'entreprendre la conquête de cette citadelle. Mais, chaque fois que son regard scrutait cet endroit, il ne voyait de sa position élevée que quelques rues qui s'alignaient dans son axe de vision, de rares passants, une confusion de toits et de murs, le tout entouré d'une couronne végétale que ne venait percer qu'une route plantée sous un viaduc. Cet accès unique ressemblait pour lui à un pont-levis, et sans doute devait-il avoir la même fonction. Sa pensée semblait se coaguler autour de cette idée d'enceinte fortifiée qui résisterait à tous les assauts et qu'il fallait conquérir par des moyens moins directs. Il se détourna de la fenêtre et se mit à marcher en rond au milieu de la pièce, les mains dans le dos, supputant des solutions folles et ingénieuses. Il n'avait jamais visité le quartier mais il se voyait marchant dans les rues sales et étroites où se côtoyaient ridiculement le luxe suranné des maisons sculptées et des conditions de vie inférieures à ce qui était humainement acceptable. Cette juxtaposition de valeurs opposées ne cessait de l'étonner.

La détérioration urbaine est un processus qui mène à la longue à la fragmentation de la société en des groupes potentiellement hostiles qui finissent par vivre isolés et barricadés. Pour se protéger de la criminalité, les habitants des villes fortifient leurs demeures. Ils commencent par construire des clôtures élevées, installer des portes robustes et mettre des barreaux aux fenêtres. Ensuite, ils engagent un corps de police privée pour surveiller les rues de leur quartier. Si leur besoin de sécurité n'est toujours pas satisfait, ils érigent des murs autour de leur communauté afin de la protéger du monde extérieur. Les accès à ces quartiers fortifiés sont contrôlés par des gardes armés et des systèmes électroniques.

L'insécurité et la criminalité mènent à la privatisation des espaces publics. Plus le sentiment d'insécurité et la privatisation de ces espaces croissent, plus les différentes communautés se trouvent retranchées et en conflit avec le monde environnant. Dans les espaces résiduels, la ville se dégrade davantage dans une atmosphère de violence et de peur.

VII

Otto avait attendu toute la journée que l'obscurité enveloppe la ville. La journée avait été longue avec une humidité insoutenable sous la couche de nuages. Il avait décidé de retourner voir la jeune femme. Cette perspective le rendait joyeux et impatient. Il avait pensé à leur première rencontre et à l'attitude équivoque de la jeune femme ; elle n'avait pas paru hostile, tout cela avait semblé être un jeu pour elle, auquel elle avait visiblement pris un certain plaisir, c'est du moins ce que Otto imaginait en espérant ne pas trop se tromper. Les femmes avaient parfois des comportements et des motivations qui lui échappaient entièrement.

Enfin, lorsque le soir était arrivé, il s'était senti heureux et plein d'entrain. Ayant encore beaucoup de temps devant lui, il décida de faire le trajet à pied en empruntant la seule route qui donnait accès à son quartier. C'était une rue étroite avec des façades modestes de briques rouges d'une construction récente et utilitaire. Les fenêtres, peu nombreuses et petites, conféraient aux bâtiments un air endormi et triste. Le viaduc qui surplombait la rue était un reste d'autoroute, vestige d'un autre temps suspendu maladroitement dans le ciel de la ville et qui, la nuit venue, prenait des allures d'arche ou de grande porte. En passant dessous, Otto jeta un regard à la structure et il s'étonna à peine de distinguer, malgré la faible lumière, la texture de béton brut des piliers et du tablier ainsi que les grandes taches de rouille des armatures exposées, visibles aux endroits où la mince couche de ciment s'était écaillé. Des arbres hauts et très feuillus poussaient près de la chaussée, rétrécissant davantage la rue qui avait là des dimensions de ruelle. À peine eut-il franchi ce portail symbolique que s'ouvrit devant lui perpendiculairement une large avenue. De l'autre côté, la ville moderne, trépidante et bruyante, s'étendait dans toutes les directions, dévorant chaque espace libre tel un feu de brousse. Pour Otto, cela ressemblait à une fête foraine, corruptrice et malsaine, mais infiniment fascinante. Sans hésiter, il franchit l'avenue pour se jeter dans ce brasier humain étincelant. Chaque fois qu'il effectuait ce passage, son cœur battait plus rapidement ; de ce côté-ci du monde, tout allait plus vite. Il se mêla à la foule et remonta une rue qui longeait la demeure de la jeune femme. Il se demanda où elle était en ce moment, il était sûrement trop tôt pour qu'elle soit rentrée chez elle. Des voitures filaient rapidement en chuintant sur la chaussée luisante de pluie.

Il arriva à un endroit où une étroite rue piétonnière s'enfonçait à angle droit entre des façades hautes et austères, contournait un pâté de maisons carré et venait rejoindre plus loin la rue qu'il suivait. Otto s'y engagea avec l'intention de flâner un peu. De chaque côté, tout le long de la rue, étaient alignées des boutiques aux vitrines encombrées et aux portes grandes ouvertes à cause de la chaleur. Çà et là, un café ou un restaurant déversait d'agréables odeurs de cuisine donnant à la rue un air domestique et accueillant. Otto repéra une boutique de fleuriste dont les gerbes bigarrées plantées dans des seaux verts s'étalaient sur la chaussée devant la porte. La fleuriste l'accueillit avec un sourire vif et calculé. Otto commanda une douzaine de roses rouges arrangées en bouquet. Prenant soudain conscience de l'aspect d'Otto, la fleuriste le regarda comme s'il était une apparition, étonnée par ses vêtements de cuir et son allure inhabituelle. Elle conclut qu'il ne devait pas être dangereux, après tout n'était-il pas venu acheter des fleurs? Elle disparut dans l'arrière-boutique. Otto resta seul. Un des murs de la pièce était recouvert d'un miroir. En regardant sa réflexion, il se trouvait un air coutumier, celui qu'il avait toujours eu, avec son visage enfantin et ses cheveux en bataille. Il remonta sa chaîne enroulée près de sa hanche pour la faire disparaître sous son blouson. La fleuriste revint avec une belle gerbe de roses. Otto demanda qu'elle emballe les fleurs, puis il prit une carte, paya et quitta la boutique. La femme le regarda s'éloigner à travers la vitrine en s'étonnant du contraste insolite de ce garçon allant offrir des fleurs. Otto ne se doutait pas de l'effet qu'il produisait, il reprit sa route en tenant sous le bras maladroitement le gros paquet conique.

Il ne s'arrêta plus jusqu'à sa destination, mais ayant encore du temps devant lui, il marcha d'un pas nonchalant de promeneur. Il revint dans l'artère principale au bout de laquelle se dressait l'édifice où habitait la jeune femme. Arrivé au parc, il s'accroupit sous le même arbre que lors de sa première visite et observa les lieux. Tout paraissait calme. Comme la première fois, le bâtiment n'était pas visible dans son entièreté. Cette fois-ci, aucun ascenseur n'était arrêté à mi-course, mais les fenêtres de l'étage qui l'intéressait étaient éclairées. Otto avança vers le bâtiment avec prudence en s'arrêtant parfois pour écouter les bruits de la nuit ; il se souvenait du tapage qu'avait produit sa visite de l'autre jour et il se promit d'être plus discret cette fois. Il parvint sans encombre au pied de l'édifice. Il attacha le bouquet à une ficelle qu'il enfila en bandoulière, pour avoir ainsi le paquet dans son dos, et il entreprit de gravir le mur en retrouvant les mêmes prises. Il arriva bientôt à l'étage. La porte était fermée mais un levier permettait d'actionner le mécanisme manuellement. Il prit pied dans le vestibule. La deuxième porte était de nouveau ouverte et il pénétra dans l'appartement. Une lumière tamisée baignait le salon, la cuisine par contre était très éclairée ; du fond du couloir venait un bruit d'eau. Otto se déplaçait silencieusement et il avança dans la direction du bruit. La porte de la salle de bains était entrouverte, il la poussa doucement. La jeune femme était là, dans la douche. Derrière les panneaux transparents couverts de buée, Otto voyait sa silhouette blanche surmontée de cheveux noirs s'abandonner aux plaisirs de l'eau chaude se répandant sur son corps. Il ôta la ficelle qui rayait sa poitrine et défit le papier du bouquet. Le rouge somptueux des roses resplendissait dans ce décor. Il laissa couler l'eau dans le lavabo et plaça le bouquet dedans. La jeune femme ferma l'eau de la douche et ouvrit un des panneaux afin de laisser sortir la buée du réduit exigu. Otto eut à peine le temps de disparaître dans le couloir. Le regard de la jeune femme repéra aussitôt les fleurs. Elle sourit, puis saisit une serviette et s'essuya avant d'envelopper son corps dedans. Elle s'avança dans l'appartement avec prudence. « Qui est là ? » lança-t-elle.

Otto était déjà près de la porte qui donnait sur l'ascenseur, il se tourna pour la voir entrer dans le salon seulement vêtue de sa serviette de bains. Elle était très belle, sur son visage se peignait un air de crainte et d'étonnement. Son regard fit le tour de la pièce. Ne voyant personne, elle se dirigea vers la porte du vestibule, celle-ci se referma au même instant. « Qui est là ? » cria-t-elle de nouveau. De l'autre côté du vestibule, les portes coulissantes qui s'ouvraient sur l'ascenseur étaient écartées, l'ascenseur n'était pas là et par l'ouverture elle voyait dehors la nuit. Elle appuya sur le bouton qui commandait les portes et celles-ci se refermèrent. Il n'y avait donc personne, elle retourna sur ses pas à la salle de bains. Elle admira le bouquet magnifique. Au milieu des fleurs, elle prit une carte sur laquelle étaient écrits ces quelques mots : *Avec mes compliments, votre admirateur, Otto.* Comment pouvait-elle oublier ce garçon qui s'était introduit chez elle l'autre jour ? Elle avait compris qu'il n'était pas un voleur, il avait même l'air intéressant. Elle retourna la carte et lut : *déjeuner café Rotonde*; il lui donnait une adresse et une date. Dans trois jours, pensa-t-elle, dans cette partie de la vieille ville qu'elle ne connaissait presque pas. Elle dénoua sa serviette de bains et sécha ses cheveux, son visage prit un air songeur mais en même temps s'illumina d'un sourire distrait.

Dehors, sur la muraille, Otto descendait avec agilité, l'alerte n'avait pas été donnée, c'était bon signe. Un vent léger et presque frais lui envoyait des effluves humides au visage. Sous lui, les lumières de la ville scintillaient et les nappes de brume faisaient un tapis chatoyant. Il se demandait si la jeune femme viendrait au rendez-vous ; c'était par simple spéculation, il ne la connaissait pas mais ce qu'il avait pu deviner de son caractère lui indiquait que c'était une supposition raisonnable. Arrivé au bas du mur, il sauta sur le sol, puis, avisant la rue qu'il avait déjà empruntée, il s'en fut d'un pas allègre vers la cohue nocturne.

VIII

Arnold était ravi ; en fin d'après-midi, il avait par hasard retrouvé sur ses écrans l'homme qu'il avait surpris, quelques jours avant, escaladant l'édifice Hernyo. Il était apparu soudain dans la lumière glauque de la fin du jour. Il se tenait au même endroit où Arnold l'avait aperçu la dernière fois, à l'entrée du vieux quartier. Il avait longé la rue qui passait sous le viaduc, traversé l'avenue qui ceinturait cette partie de la ville et s'était mêlé à la foule qui encombrait les trottoirs. Arnold l'avait reconnu d'emblée grâce à son physique athlétique et sa vêture, son visage aussi lui paraissait particulier. Il s'était mis à le suivre le long des rues ; c'était comme de suivre un animal dans ses errements journaliers, imprévisibles. Bien qu'habitué à ce genre d'activité, Arnold éprouvait une griserie curieusement satisfaisante à observer quelqu'un à son insu, il avait l'impression d'avoir accès à la personnalité secrète de l'autre. Ainsi, il suivit Otto à travers la ville jusqu'au pied de l'édifice Hernyo. Là, il y eut une pause assez longue, puis, au grand plaisir d'Arnold, l'inconnu commença à escalader de nouveau l'édifice. Il put admirer tout au long de l'ascension la dextérité de l'homme, sa technique, la simplicité avec laquelle il abordait les problèmes. Arnold se substitua à l'homme et se vit lui-même escaladant la muraille. Mais il ne contrôlait rien dans cette affaire et lorsque l'homme disparut à l'intérieur du bâtiment, il ne put qu'attendre. Heureusement, son absence fut de courte durée et il réapparut de nouveau pour redescendre tout à loisir. Arrivé en bas, il s'en fut vers la rue et la foule.

Pour la première fois depuis son accident, Arnold sentait qu'un lien le reliait à un autre être. Il éprouvait un intérêt dans sa tâche d'observation de la ville et une sorte de continuité paraissait se dessiner dans son activité. Il imagina qu'il lui serait facile de retrouver l'homme plus tard, maintenant qu'il savait où le chercher, et qu'il apprendrait tout sur lui. Il s'interrogea sur ce nouveau besoin qui paraissait poindre en lui. Il se rendit compte que cette quête n'avait d'autre but que de le sortir de sa solitude, de lui faire oublier son infirmité en lui faisant vivre par procuration une autre vie : celle qu'il avait connue et qui lui manquait tant, une vie d'actions et d'imprévus. L'homme qu'il avait observé et à qui il commençait à s'attacher était prodigieusement intéressant, il n'avait rien en commun avec ces êtres ternes qui peuplaient les rues et sur lesquels jusqu'ici il n'avait jeté qu'un regard las comme s'il se fut agi d'un troupeau de bovins. Et puis, ce quartier qu'il connaissait à peine, où il ne pouvait voir, l'attirait terriblement. Il tenta de se référer à des souvenirs de son passage dans des endroits semblables, mais il se souvenait de peu tant il avait été absorbé par l'action et les passions qu'elle avait engendrées. Il devait donc aller voir lui-même.

Lorsque Arnold franchit la dernière porte extérieure du bâtiment administratif, il fut accueilli par l'air de la nuit. Il s'arrêta, surpris par cette douceur fluide qui s'écoulait, chargée d'une infinie richesse olfactive. Il est vrai qu'il avait passé la semaine entière, sans sortir, dans l'atmosphère aseptisée et contrôlée du bureau, où le manque d'odeurs et la température, toujours constante, faisaient oublier qu'il pût en être autrement. Il se sentait ragaillardi par cette vie qui l'entourait et, d'un geste ferme, il engagea son véhicule sur la rampe inclinée en direction de la rue. En bas, il était déjà plein de forces. Profitant de son élan, il propulsa son fauteuil vigoureusement sur le trottoir en s'orientant en direction de l'endroit où il avait vu l'inconnu pour la dernière fois. Les passants s'écartaient sur son passage avec une certaine courtoisie, mais plus il se rapprochait du quartier plus ceux-ci se faisaient rares. En arrivant dans l'avenue qui était le dernier obstacle le séparant de sa destination, il aperçut de l'autre côté la rue qui s'enfonçait sous le viaduc entre deux rangées d'arbres. Il s'arrêta pour mieux voir l'endroit. Un chien vint près de lui, renifla une des roues de son fauteuil, leva la patte dessus et reprit sa route. C'est un signe des lieux, se dit Arnold, ici on peut s'attendre à tout. Il se félicita d'avoir ses gants à la paume doublée de cuir qui protégeaient ses mains de la rudesse des roues et de la saleté de la rue. Il reprit sa route dans un chuintement de caoutchouc mouillé.

Dans la petite rue, il fut surpris par le manque d'éclairage. Il ne distinguait rien des détails architecturaux, mais il voyait bien les façades sombres s'élever de chaque côté. Sous le viaduc, il avait l'impression d'entrer dans un tunnel. De l'autre côté, il trouva un monde qui ressemblait à ce qu'il connaissait, mais assez différent pour être dépaysant ; les rues étaient désertes et silencieuses, et ça et là, quelques rares réverbères laissaient choir sur les bâtiments bas une lumière parcimonieuse. Il comprenait pourquoi il n'y avait pas de réseau de surveillance dans ces endroits, même à l'infrarouge l'observation eût été difficile ; et puis les habitants détruisaient sans doute ce qui leur paraissait étranger, à fortiori des caméras qui eussent été une provocation. Arnold ne se sentait pas menacé, au contraire, il avait l'impression d'être en sécurité à déambuler dans ces rues. Il avait le sentiment d'être accepté tacitement puisqu'il était arrivé jusqu'ici sans que personne ne tente de l'arrêter. Les roues de son véhicule roulaient sur un terrain inégal et parfois tressautaient sur des formes molles et aplaties sur la chaussée. L'odeur de moisissure de la ville était ici plus présente et à elle se mêlaient d'autres odeurs impossibles à identifier.

Depuis un bon moment déjà, Arnold avait franchi le passage du viaduc et ses yeux s'étaient habitués à l'obscurité. Il distinguait des silhouettes qui glissaient le long des façades et disparaissaient dans les bâtiments. Parfois, il entendait des voix basses ou un cri d'enfant s'envolant dans la nuit comme un oiseau affolé dérangé dans son sommeil. Il trouvait là un univers palpitant, auquel il se découvrait sensible, et pourtant si différent du monde dans lequel il était habitué à vivre. Il observa ce qui l'entourait, ses sens aux aguets, pour mieux s'imprégner de l'atmosphère des lieux. Devant lui, sur sa droite, au fond d'un jardin à l'abandon, émergeait du sol une construction basse, ressemblant à une verrière, à demi envahie par la végétation. Derrière cette structure et la surplombant, apparaissait un modeste immeuble aux fenêtres sombres. La verrière était illuminée par une très faible lueur bleue.

Arnold engagea son véhicule dans l'allée étroite et encombrée qui conduisait à une porte de métal dont la moitié supérieure était percée de carreaux de verre dépoli. Il tourna la poignée et la porte s'ouvrit avec un léger grincement. Il constata que c'était bien une verrière, spacieuse et en bon état; cependant, elle ne contenait aucune plante, elle était presque complètement occupée par une piscine; il ne restait entre l'eau et le mur extérieur qu'un espace assez large pour qu'on puisse y circuler à l'aise. L'eau était propre et transparente. Un luminaire submergé illuminait le fond du bassin, permettant de voir que le carrelage blanc ne portait aucune trace de croissance d'algues. Diamétralement opposé à la porte d'entrée, il y avait une autre porte identique fermée par une chaîne et un cadenas. Arnold plaça les roues de son fauteuil parallèles au bord du bassin; il regarda l'eau immobile et limpide, hypnotisé par cette masse liquide pure. Il n'entendait aucun son, il aurait pu se croire seul au monde. Il se pencha et de la main effleura l'eau comme pour l'apprivoiser, aussitôt une myriade de reflets se mit à danser sur les murs. L'eau était tiède et invitante. Arnold était mouillé et ses vêtements trempés par la pluie, il avait eu chaud pendant le trajet. Il les ôta et se laissa glisser dans le liquide accueillant. C'était la première fois qu'il nageait depuis son accident, il retrouva une légèreté presque oubliée, ses jambes remuaient et il eut pour un moment l'impression de sortir d'un mauvais rêve dans lequel il aurait traîné la moitié de son corps comme un poids mort. Il pouvait plonger, tournoyer, virevolter, monter, descendre, se déplacer dans tous les sens avec une aisance qu'il n'avait pas ressentie depuis longtemps. L'eau sur sa peau était d'une douceur infinie et il était grisé par ces sensations de fraîcheur et de vigueur qui l'envahissaient. Il nagea tout son saoul, puis défoulé, il s'accrocha au bord du bassin pour souffler. Son corps porté par l'eau se colla contre le mur et là, à son étonnement, il sentit une dépression. À une distance d'un mètre sous la surface de l'eau, il trouva un renfoncement carré, invisible pour une personne se tenant debout sur le bord du bassin. Il explora la cavité en y enfonçant le bras. Sa main rencontra aussitôt le mur du fond, mais vers le haut s'ouvrait un espace vide, la paroi de la piscine ne faisait là qu'un voile mince. Intrigué, il plongea pour explorer ce creux. Une fois dans la cavité, il remonta. Sa tête émergea de l'eau et il put respirer. Au-dessus de lui, le plafond paraissait haut et là aussi une faible clarté permettait de voir assez bien. Il était dans un bassin exigu dont le bord s'élevait à une dizaine de centimètres au-dessus de la surface de l'eau, au delà il apercevait un grand espace. Il se hissa sur le parapet, son corps lui parut redevenir lourd et maladroit. Il se laissa basculer vers la pièce dont le sol était à un niveau plus bas que le bord de la piscine de l'autre côté du mur. Dans le plafond, ça et là, des plaques de verre dispensaient un éclairage suffisant venant de l'extérieur. Il se trouvait dans une pièce spacieuse, entièrement blanche, dans laquelle il distinguait quelques meubles recouverts de tissu blanc. Devant lui, des serviettes propres et pliées occupaient la surface d'une petite commode ; au delà, deux lits simples avec des matelas de mousse étaient disposés côte à côte et, dans un coin, attendaient deux fauteuils et une table basse. Rien n'indiquait l'existence d'une porte et Arnold conclut que le chemin de la piscine était le seul accès à ce lieu. Il prit deux grandes serviettes sur la commode, s'essuya avec l'une et enroula l'autre autour de sa taille, moins pour cacher sa nudité que par habitude. Puis il se hissa sur un des lits. Après s'être dépensé physiquement, il se sentait immensément bien et, dans cet endroit silencieux où régnait une douce tiédeur, il trouva une grande sérénité et un sentiment de sécurité. Il s'allongea pour penser à ce qu'il allait faire.

Lorsque Arnold ouvrit les yeux, il fut ébloui par la lumière qui illuminait la pièce. Il avait sans doute dormi et maintenant ce devait être le matin. Il était reposé et, prenant appui sur ses coudes, il examina la pièce qu'il n'avait vue que dans la pénombre. Sur le lit à côté du sien, quelqu'un était assis et l'observait. Il était à contre-jour et de ce fait Arnold ne pouvait voir que sa silhouette. Il tenta de se lever d'un coup pour faire face à l'inconnu mais, trahi par ses jambes, il bascula maladroitement sur le côté et dut se tenir au matelas pour ne pas tomber. Il prit soudain conscience de sa situation : il était sans défense et nu dans un endroit où il n'avait sans doute rien à faire. Il avait eu dans sa vie des coups durs et il s'attendait à une bagarre dans laquelle il aurait difficilement le dessus. Il se raidit et attendit une offensive éventuelle qui viendrait de l'inconnu. Mais celui-ci se contenta de dire tranquillement :

— Vous avez bien dormi ? Je m'appelle Otto, reprit-il en avançant la main. J'habite à côté. Moi aussi j'aime me baigner de temps en temps, mais pour entrer ici je préfère passer par la porte.

Arnold saisit la main tendue, à tout hasard, et annonça également son nom. En parlant, Otto tourna légèrement la tête de sorte que la lumière illumina son visage et Arnold le reconnut aussitôt ; c'était l'homme qu'il avait vu sur ses écrans et qu'il cherchait.

— Je ne savais pas que c'était privé, dit-il en se redressant. L'eau était si invitante…

— Il n'y a pas de mal, reprit Otto. Cet endroit n'est plus à personne, les propriétaires ont disparu. La piscine se régénère grâce à un système autonome.

— Quel est cet endroit ?

— C'est une sorte d'abri ou de cache avec une sortie de secours, continua Otto en indiquant du menton le puits par où Arnold était entré. Mais dites-moi, vous n'êtes pas du quartier, je ne vous ai jamais vu.

— En effet, j'habite plus loin, vers le quartier commercial.

— Et qu'est ce qui vous amène par ici ? Ne vous étonnez pas de ma question, habituellement nous avons peu de visiteurs.

Arnold s'était redressé et il était assis détendu sur le lit. En face de lui, Otto était attentif et amical. Dans l'esprit d'Arnold, toute idée d'agression s'était dissipée.

— La curiosité, reprit Arnold. Mon travail consiste à surveiller la ville par un réseau de caméras. Il y en a partout, sauf dans ce quartier.

— Et pourquoi surveillez-vous la ville ?

— Je travaille pour Viktor K. Hernyo, l'homme d'affaires. Une grand partie de la ville lui appartient déjà et il convoite le reste. Il agit comme si tout lui appartenait, il veut savoir ce qui se passe partout, à tout moment, il fait surveiller ses associés, ses concurrents, ses opposants... Il a une sorte de stratégie infaillible où l'information joue un rôle essentiel.

— Intéressant, dit Otto pensivement. Ça fait longtemps que vous faites ce travail ?

— Depuis deux ans, depuis cet accident qui m'a privé de l'usage de mes jambes.

— Vous m'avez certainement vu sur vos écrans, alors ! lança Otto avec amusement.

— En effet, je vous ai vu escalader l'édifice Hernyo et je vous ai suivi dans les rues.

— Vous avez donc fait rapport à vos patrons.

— Non, répondit Arnold laconiquement. Pas envie.

— Je vois.

Otto se pencha et saisit un paquet derrière le lit, il le tendit à Arnold.

— Voici vos vêtements, ils sont secs.

Arnold s'habilla rapidement et il se rendit compte que sans son fauteuil il était immobilisé. Otto avait remarqué son malaise, il se leva et alla jusqu'à une bibliothèque dont les étagères garnies de livres tapissaient le mur du fond. Il tira une des sections qui pivota à la manière d'une porte et là, derrière, un couloir apparut. Le fauteuil roulant d'Arnold était rangé près du mur. Otto revint en le poussant devant lui.

— La voiture de monsieur est avancée, dit-il pompeusement.

Arnold éclata de rire en se laissant tomber dans le siège de cuir dont le contact ne lui était que trop familier. Ils se dirigèrent vers la sortie. Le couloir était long et en franchissant la porte extérieure ils débouchèrent dans le jardin à une distance appréciable de la verrière. Ils remontèrent l'allée qui conduisait à la rue. Pour la première fois depuis longtemps, Arnold sentit la chaleur de l'amitié l'envahir ; il était avec quelqu'un qui le traitait aimablement et qui ne lui demandait rien, il se sentait bien sans avoir à lutter. De son côté, Otto jugeait l'autre sympathique. Il le devinait un peu fragile et blessé dans son amour propre, mais il aimait ce côté torturé des êtres qui les rendait si riches et si intéressants. Aussi, pour sceller leur amitié naissante, il invita Arnold pour le petit déjeuner, il devait avoir faim car tout comme lui il n'avait rien mangé depuis la veille.

Ils suivirent la rue jusqu'à un croisement où le coin d'un bâtiment était coupé en biais par la porte d'un restaurant. De chaque côté, on pouvait voir par des vitrines étroites quelques tables et, au fond, un comptoir qui dissimulait la cuisine. Ils s'installèrent à une table recouverte d'une nappe à carreaux bleus et blancs parsemée de taches jaunes de tons variés qui laissaient deviner le passage de plusieurs clients. L'endroit était sombre comme un antre, exigu, et sentait le salmigondis. Une couche de graisse de cuisson et de poussière s'était avec le temps déposée partout, donnant aux boiseries une teinte profonde et aux murs un aspect feutré et chaleureux. Arnold trouva l'établissement convenable. Otto lui assura que les plats étaient savoureux et que cela valait le déplacement. Le menu était écrit sur une ardoise bien en évidence. La serveuse, courte et replète, apparut pour prendre les commandes, elle semblait être une extension du cuisinier qui lui-même paraissait être un appendice des fourneaux de la cuisine. Ils commandèrent des œufs au plat avec des garnitures de bacon et de fruits servis avec des tranches de pain grillé et du café. C'était une heure creuse du milieu de la matinée et de ce fait ils étaient les seuls clients. Au bout d'une dizaine de minutes, devant eux fumaient deux copieuses assiettes et le café chaud dans les tasses. Ils mangèrent avec appétit dans un bruit de couverts et de mastication. Ils se sentirent bientôt rassasiés et glissèrent dans cet état euphorique que procure un bon repas.

— Alors, parlez-moi de votre travail, ça a l'air passionnant, dit Otto à tout hasard, espérant tirer de son hôte quelque information pour mieux le connaître et peut-être apprendre quelque chose de nouveau.

Arnold, en sirotant le contenu de sa tasse, se sentait en confiance.

— Passionnant, c'est beaucoup dire, déclara-t-il, c'est une question d'attitude et de circonstances. C'est un travail imprévisible qui me laisse une grande liberté.

Puis il se mit à parler de son passé d'homme de main au service de Hernyo, de sa nouvelle carrière de surveillant de la ville et de la ville elle-même telle qu'il la connaissait. Otto écoutait, parlait peu de lui-même et n'évoquait que vaguement les occupations auxquels il se consacrait et desquelles, par ailleurs, Arnold devait être au fait. Il se montra par contre très intéressé par la façon dont Hernyo conduisait ses affaires. Il posa des question auxquelles Arnold répondit avec plaisir et une abondance de détails.

La matinée tirait à sa fin lorsqu'ils se séparèrent en promettant de se revoir. Arnold reprit le chemin par lequel il était venu. Le dos courbé par l'effort que lui demandait la propulsion de son fauteuil, il paraissait frêle, seul et démuni. Démuni devant cette nouvelle vie qu'il n'avait sans doute jamais envisagée, oublié de ceux qu'il avait connus. Otto le regarda s'éloigner un moment avant de partir de son côté. À chaque tour de roue, le véhicule émettait un faible couinement, Otto songea que Arnold devrait graisser les roulements, il était vrai que toute cette humidité était mauvaise pour les mécaniques.

Sun Tzu dit : []Anciennement ceux qui étaient expérimentés dans l'art des combats se rendaient invincibles, attendaient que l'ennemi soit vulnérable et ne s'engageaient jamais dans des guerres qu'ils prévoyaient ne devoir pas finir avec avantage.

Avant que de les entreprendre, ils étaient comme sûrs du succès. Si l'occasion d'aller contre l'ennemi n'était pas favorable, ils attendaient des temps plus heureux.

Ils avaient pour principe que l'on ne pouvait être vaincu que par sa propre faute, et qu'on n'était jamais victorieux que par la faute des ennemis.

Se rendre invincible dépend de soi, rendre à coup sûr l'ennemi vulnérable dépend de lui-même.

[]Être instruit des moyens qui assurent la victoire n'est point encore la remporter.

[]L'invincibilité se trouve dans la défense, la possibilité de victoire dans l'attaque.

Celui qui se défend montre que sa force est inadéquate, celui qui attaque qu'elle est abondante.

L'art de se tenir à propos sur la défensive ne le cède point à celui de combattre avec succès.

Les experts dans la défense doivent s'enfoncer jusqu'au centre de la Terre. Ceux, au contraire, qui veulent briller dans l'attaque doivent s'élever jusqu'au neuvième ciel.

[]Connais ton ennemi et connais-toi toi-même ; eussiez-vous cent guerres à soutenir, cent fois tu seras victorieux.

Sun Tzu, L'Art de la guerre.

En posant le livre, Otto réfléchit à ce qu'il venait de lire. Bien sûr, il vivait dans une ville qui paraissait en paix ; mais il connaissait les tensions entre les habitants divisés en groupes et ayant des intérêts différents. Si des troubles éclataient de temps à autre, ils devaient s'inscrire dans un schéma de guerre plus grand. Une sorte de guerre souterraine, non déclarée, un état de guerre tacite qui se déroulait dans un quotidien violent, qui finissait avec le temps par devenir habituel. Sun Tzu traitait de la guerre, de la philosophie de la guerre et de la manière de la gagner. Mais qu'en était-il de la nature de la guerre ? Il devait y avoir des enjeux. Quels étaient-ils ? Une guerre dont le terrain était la ville, un terrain qui était à conquérir ou à défendre, dépendant du côté où on se trouvait. Otto avait conscience d'être du côté de la défense puisqu'il n'avait aucun désir ni aucun plan de conquérir quoi que ce soit ; cependant, il assistait aux effets de la lutte autour de lui. Mais cela était flou et il ne parvenait pas à avoir une vue d'ensemble. Qui était l'ennemi ? Quel était son but ?

Parmi les gens qui vivent dans le même voisinage, des conflits surgissent inévitablement un jour ou l'autre. La résolution de ces conflits implique l'utilisation de certaines ressources de nature monétaire, sociale ou personnelle. Cependant, les résidents des quartiers déshérités des grandes villes ne disposent souvent pas de ce genre de ressources. La possibilité d'utiliser ces ressources dépend de la situation sociale des gens impliqués. Pour certains, le recours à la violence physique ne fait pas partie du répertoire des méthodes de résolution de conflits, pour d'autres, c'est la seule méthode disponible.

Pour les habitants des quartiers déshérités, la résolution de conflits par la violence est liée à l'image de soi et à l'estime de soi. La menace et la violence sont avant tout des moyens de protéger l'estime de soi. Le code de la rue implique de présenter aux autres l'image d'un soi qui peut être violent. Acquérir l'estime de soi, ou le respect selon le code de la rue, c'est envoyer aux autres le message qu'on est capable de violence si la situation le nécessite.

Une des façons de se prémunir contre ceux qui cherchent à augmenter leur estime de soi aux dépens des autres est de passer à l'offensive. Celui qui porte atteinte au respect des autres risque moins d'être perçu comme une victime facile. Dans cette lutte de survie dans la rue, celui qui peut projeter une image de lui-même le montrant capable d'actions extrêmes acquière un pouvoir véritable.

IX

Lorsque l'avocat Shelby Engelschell entra dans le bureau de Viktor Hernyo, les ouvriers venaient de quitter la plate-forme au sommet de l'édifice où ils avaient travaillé toute la journée. Engelschell ne les vit pas, il n'entendit que les portes du monte-charge se refermer au fond du couloir sur quelques voix graves d'hommes. Hernyo n'était pas dans son bureau mais l'ascenseur à piston qui permettait d'accéder à la plate-forme était en bout de course. Engelschell conclut qu'il trouverait son client sur le toit et il fit descendre la cabine de l'ascenseur. Tout d'abord sa tête apparut au niveau de la plate-forme, suivie progressivement par son corps au fur et à mesure que le piston le propulsait vers les hauteurs. À travers la cage de verre qui protégeait l'appareil, il voyait l'étrange construction haute et massive qui encombrait une partie importante du toit. Entre les pans de bâche qui flottaient au vent, il distinguait des colonnes de bois rond, équarries et blanches, comme les os d'un animal préhistorique dont la carcasse immense aurait été exposée dans ce lieu impossible. À peine l'ascenseur s'était-il immobilisé qu'Engelschell fit quelques pas en direction de cet objet insensé. Les yeux dilatés par l'étonnement, la bouche entrouverte, il lissa d'une main lénifiante ses cheveux de chaque côté de la tête pour mieux les plaquer, ce qui chez lui était un signe de grande perplexité. À son approche, Hernyo se retourna.

— Ah ! mon cher maître, s'exclama-t-il, vous voilà ! Regardez ! Qu'en pensez-vous ?

— Qu'est ce que c'est ? finit par demander Engelschell en se remettant de son ébahissement.

— C'est un trébuchet ! reprit Hernyo sur un ton triomphant.

Puis, en prenant le ton condescendant d'un maître d'école expliquant des choses élémentaires à un enfant peu doué, il continua.

— C'est une machine de guerre du Moyen Âge. Une sorte de catapulte, vous voyez. Cela permettait de lancer de gros projectiles pouvant abattre des murailles. C'était une arme redoutable. C'était l'arme absolue de l'époque.

— Ah … fit simplement Engelschell. Et qu'allez-vous en faire ?

Pendant qu'il parlait, ses yeux continuaient d'analyser l'assemblage de bois qui semblait en cet endroit déplacé et même anachronique. Sous la toile ruisselante de pluie qui la recouvrait et la protégeait, la machine de guerre, tapie, dragon sommeillant ramassé sur lui-même, n'attendait que le moment propice pour donner libre cours à sa puissance et exhiber son pouvoir destructeur.

— C'est simple, reprit Hernyo, imbu de sa propre ingéniosité. Regardez, nous sommes pratiquement au-dessus de ce quartier où je n'ai encore rien réussi à acquérir. Nous sommes à un jet de pierre.

Engelschell laissa planer son regard par delà le parapet de la terrasse et plonger vers le vide brumeux où les toits des bâtiments du vieux quartier faisaient des taches géométriques fadement colorées.

— Et vous voulez bombarder ces bâtisses d'ici, ajouta-t-il sur un ton de triste constatation.

— Précisément, reprit Hernyo en jubilant. D'en bas, le trébuchet est invisible. Mais, rassurez-vous, nous n'allons pas raser le quartier. Non. Nous allons seulement envoyer quelques projectiles, qui d'ailleurs ne ressembleront à rien de tels, pour faire des dégâts çà et là dans les bâtiments, les rendant inhabitables et facilement achetables. Vous suivez ma stratégie ?

Engelschell comprenait. À l'autre extrémité de la terrasse, il observait Igon qui besognait à ranger des masses sphériques, de grosseurs à peu près identiques, de béton, de pierre ou de maçonnerie. Il pensa qu'effectivement un tel projectile s'écrasant contre un mur serait indiscernable des débris qu'il produirait. Personne ne saurait ce qui s'était passé au juste, mais tous pourraient constater la catastrophe. C'était l'arme parfaite qui pouvait frapper sans laisser d'indice sur sa nature ou sa provenance. Force lui était de constater que c'était une idée admirable.

— J'aime votre style dans la conduite de vos affaires, finit-il par dire avec sincérité.

Hernyo accepta le compliment avec un naturel apparent et une fausse modestie consommée.

— Mon cher maître, reprit-il en portant toute son attention sur son hôte. Que me vaut l'honneur de votre visite ?

— J'ai trouvé quelque chose qui devrait vous intéresser grandement. Engelschell soutint sa déclaration avec un sourire appuyé, lourd de conséquences.

— Je suis tout ouïe, lui assura Hernyo.

— Eh bien, voilà. Mon bureau, qui travaille toujours

avec diligence pour la prospérité de vos affaires et l'avancement de votre cause, en révisant les documents d'évaluation foncière de la ville et les titres de propriété très anciens, a fait une découverte d'importance. Dans le quartier qui vous intéresse, il y a un hôtel particulier construit au XVIIIe siècle par le comte d'Orlupp. La propriété a transité aux mains de la famille Prime vers le milieu du XIXe siècle, en 1852 plus exactement. La famille Prime était à l'époque une riche famille bourgeoise qui avait acquis sa fortune dans l'importation du coton, mais une partie non négligeable de ses revenus provenait aussi du financement des besoins insatiables de la noblesse. Le comte d'Orlupp, s'étant lourdement endetté auprès des Prime et ne pouvant espérer s'acquitter de ses obligations, céda le bâtiment en question en guise de remboursement. Toute cette affaire est bien documentée et corroborée par diverses sources. Cependant, et c'est là où l'histoire devient intéressante, il n'y a aucune trace du titre de propriété des Prime.

Arrivé à ce point de son rapport, les yeux pâles d'Engelschell s'étaient rétrécis pour n'être plus que deux fentes horizontales. Les yeux de Hernyo, par contre, s'étaient dilatés jusqu'à devenir deux pastilles rondes d'un noir absolu et insondable.

— Vous en êtes sûr ? demanda Hernyo avec un visage immobile que ne venait troubler aucune émotion.

— Certainement, vous pouvez me faire confiance, reprit Engelschell. Bien entendu, si nous mettons la main sur ce titre, nous le garderons en lieu sûr et, si vous le désirez, nous pourrions « trouver » un titre à votre nom…

— Vous avez très bien saisi ma pensée, conclut Hernyo.

Ses yeux figés laissaient deviner qu'il était déjà entré dans une sorte de transe, cet état second dans lequel il plongeait avant toute grande transaction. Il en résulta un silence qu'Engelschell avait appris à reconnaître. Hernyo ne bougeait plus, il était tout entier submergé dans un monde de calculs et de supputations, un monde intérieur exclusif, peuplé de ses espoirs et de ses peurs tels des anges et des démons aux prises dans une lutte perpétuelle, une lutte qui le fascinait et le détournait de son environnement immédiat. Engelschell se prépara à quitter son hôte sans plus de cérémonie. Celui-ci restait devant sa machine à en scruter les détails les plus infimes. La pluie roulait sur son crâne lisse et s'écoulait en longues traînées qui tombaient goutte à goutte de son nez et de son menton. L'avocat savait exactement quelle était sa mission.

— Dans ce cas, je m'en occupe. Ne vous inquiétez de rien, dit-il en se détournant et en s'éloignant.

Sous le regard attentif d'Igon, il descendit dans le bureau et reprit l'ascenseur qui le ramena au niveau de la rue. Une fois dehors, il leva la tête pour tenter d'apercevoir en haut de l'édifice le trébuchet. Hernyo avait raison, pensa-t-il, à cette hauteur on ne voyait pas la machine, mais il était vrai que dans la brume qui couronnait le sommet de la structure, on ne distinguait rien. Par instinct de conservation ou par habitude, il longea les murs jusqu'à sa voiture garée près de là. Une fois à bord, à peine soulagé, il s'engagea dans une grande artère qui lui permit de s'éloigner rapidement du bâtiment. Tout le long de la rue, il laissa son regard traîner rêveusement sur les façades. Dans cette partie de la ville, on trouvait un curieux mélange d'édifices nouveaux et anciens comme si le tissu urbain avait été criblé de minuscules zones de sinistre au sein desquelles les bâtiments avaient été anéantis et reconstruits sous des formes utilitaires, dénuées d'esthétique. Les bâtiments témoignaient d'une grande variété architecturale et Engelschell essayait d'imaginer ces constructions anéanties par des masses pierreuses précipitées du ciel. La scène qu'il imagina ne lui plut pas et il détourna son esprit de ces images fâcheuses pour se concentrer sur la conduite de sa voiture qui roulait le long de la rue en chuintant et en éclaboussant d'eau sale les trottoirs.

X

Ce ne fut que vers le milieu de la matinée que Cécilia Titanium Hernyo se souvint qu'elle avait rendez-vous pour le déjeuner avec ce garçon curieux qui lui avait offert des fleurs dans sa salle de bains et qui, pour ce faire, avait escaladé trente étages. Cet effort imposait qu'elle lui consacrât une certaine attention. Sans s'en rendre tout à fait compte, elle s'était préparée avec soin à cet événement ; elle avait fait sa toilette avec toute la précaution amoureuse qu'elle accordait à son corps et s'était vêtue sobrement de façon à faire face à toute éventualité, ne sachant à quoi s'attendre exactement. Elle avait mis un chemisier gris perle, un pantalon de cuir noir et un blouson de cuir, noir également, ajusté au corps et d'un chic discret. Elle avait enfilé des bottes courtes, confortables, de cuir souple aux talons larges. En montant dans sa voiture, elle extirpa de la boîte à gants une carte de la ville afin de vérifier le chemin le plus direct pour se rendre à sa destination. Elle connaissait bien la ville en général, mais le quartier où elle avait rendez-vous ne lui était pas familier. Sur la carte, elle identifia rapidement le trajet à suivre ; c'était en fait à deux pas. La rue qu'elle suivait devait y conduire directement, mais la chaussée s'arrêtait devant ce qui était un terrain vague broussailleux parsemé d'arbres arrivés à maturité. Elle tourna à droite dans une rue transversale qui longeait cet espace verdoyant inattendu. Elle remarqua au bout d'un moment qu'aucune rue ne le traversait, que toutes s'arrêtaient là et que la seule voie possible était celle qu'elle suivait. Les noms des rues sur les pancartes fixées aux murs lui permettaient de suivre sa progression sur la carte. D'un côté, c'était la ville familière où elle vivait, de l'autre, c'était ce parc boisé et abandonné qui paraissait s'étendre très loin. La carte n'indiquait rien de semblable et elle pensa que les maisons de ce côté de la rue avaient été rasées et le terrain laissé en friche. À travers les arbres, elle voyait de temps à autres des maisons, de l'autre côté, qui paraissaient glisser, fantomatiques, derrière ce rideau végétal. L'endroit où elle devait se rendre était tout proche et continuer le long de la rue ne pouvait que l'en éloigner. Elle gara sa voiture et fit le reste du trajet à pied en traversant le boisé. Elle repéra un sentier qui s'enfonçait dans les broussailles et le suivit. À son passage, des gouttes d'eau perlaient des fleurs qui poussaient là et déposaient sur ses vêtements des taches de pollen coloré. La broussaille devint une futaie qu'elle franchit rapidement et elle surgit de l'autre côté dans ses vêtements de cuir rutilants d'humidité comme un reptile émergeant d'une tourbière. Sans savoir pourquoi, elle se sentait étrangère à ce quartier qu'elle connaissait peu et qu'elle savait être différent de la ville. À sa surprise, de ce côté du bois, il n'y avait personne, la rue était déserte même si elle apercevait plus loin des silhouettes qui se mouvaient avec nonchalance. Elle secoua ses vêtements pour les débarrasser des gouttelettes d'eau qui y étaient accrochées. D'un geste machinal, elle lissa ses cheveux où brillaient des traces d'humidité et traversa la rue pour gagner le trottoir qui s'étirait devant une longue façade. Bientôt, elle arriva à un croisement où elle tourna pour se diriger vers le centre du quartier. Au fur et à mesure de sa progression, le paysage changeait sensiblement. Elle avançait au milieu d'immeubles hauts et élégants desquels se dégageaient une beauté surannée et une majesté sensuelle qu'elle n'avait vues nulle part ailleurs. Les bâtiments paraissaient avoir été sculptés avec soin, avec un évident souci d'ensemble comme s'ils avaient surgi d'un même élan créateur. Il y avait dans l'agencement des constructions de l'ordre et de l'harmonie, un sens des proportions et de la symétrie composant une continuité indissociable. Des atlantes puissants soutenaient des balcons ouvragés, des caryatides impavides encadraient des portes cochères, des encorbellements décorés de masques et de feuillages s'appuyaient sur des piliers de marbre de couleur, des fenêtres entourées de guirlandes sculptées jetaient des regards quiets vers la chaussée de pavés dodus, aux croisements des rues, des bâtiments opulents et identiques gardaient les quatre coins, sur les places des fontaines moussues sommeillaient dans le clapotis des eaux paisibles qui tombaient paresseusement dans des vasques sombres, des colonnades couraient le long des façades, des arcades ombragées abritaient des promenades tranquilles et, par les trouées des entrées ouvertes, on apercevait des jardins intérieurs où s'épanouissaient des plantes exotiques sous des coulées de lierre cascadant des toits et des terrasses.

Cécilia Titanium Hernyo fut charmée par ce lieu d'un autre âge, préservé dans cette bulle intemporelle que faisait le quartier. Toute cette architecture ne lui était pas étrangère, elle se souvenait des images qu'elle avait vues dans les livres d'histoire de l'Art, mais elle avait aussi le souvenir d'avoir déjà séjourné là. Mais quand ? Dans son enfance peut-être. Depuis qu'elle était adulte, elle n'avait fait que de rares incursions dans cette partie de la ville, et encore de nuit, par erreur, en croyant aller ailleurs. Et là, subitement, la beauté et l'intégrité de cet antique ensemble urbain la touchaient profondément. Elle prit conscience de la quiétude des lieux. On n'entendait pas de bruit, seuls les sons de la nature, la brise dans les feuillages, les chants des oiseaux, effleuraient ce monde oublié.

Elle lut le nom d'une rue sur le mur, c'était celle qu'elle cherchait. Elle consulta les numéros et conclut qu'elle n'était plus loin. À une courte distance devant elle sur le trottoir, elle distinguait des tables et des chaises sous un auvent qui indiquaient l'emplacement d'un restaurant. À la droite de la porte d'entrée, deux grandes vitrines séparées par une colonne occupaient le mur de la façade jusqu'à la hauteur du premier étage. On lisait au centre de chacune d'elle en lettres dorées disposées en arc de cercle convexe : « Le Dôme », et en dessous : « Restaurant gastronomique ». Le pourtour des vitrines était décoré de motifs fleuris. Cécilia Titanium poussa la lourde porte de bois et elle fut plongée dans une ambiance feutrée, confortable et accueillante où flottaient de subtiles odeurs de cuisine et d'épices auxquelles se mêlaient des parfums ténus de fleurs et de pâtisseries. Un maître d'hôtel vêtu de noir et de blanc surgit de derrière une tenture de velours cramoisi. Surprise, Cécilia Titanium dit en hésitant :

— Bonjour. Euh, je dois rencontrer M. Otto…
Euh…

— Oui, dit le maître d'hôtel avec un sourire entendu, il vous attend. Si vous voulez me suivre…

Il se détourna et s'enfonça avec assurance dans
l'étroit chemin entre les tables qui longeait les vitrines.
La salle était pratiquement vide ; Cécilia ne voyait
qu'une vieille dame qui dégustait des biscuits en sirotant une tasse de thé, un homme corpulent attablé plus
loin et un couple en tête à tête dans le fond, loin de la
lumière du jour. Le faible éclairage rendait les couleurs
flétries. À leur approche, Otto se leva. Ayant accompli
sa mission, le maître d'hôtel disparut, absorbé par la
pénombre.

— Vous êtes donc venue, dit-il avec un sourire.

Elle se contenta de répondre par une esquisse de
révérence. Puis, elle tendit la main et dit :

— Cécilia Titanium Hernyo, mais mes amis m'ap-
pellent Tita.

— Otto Prime, dit-il en prenant la petite main
chaude dans la sienne.

— Alors, voici l'homme qui est entré chez moi sans
y être invité et sans effraction. Un vrai professionnel,
lança-t-elle ironiquement.

— Mais pas un malfaiteur, reprit Otto. Vous êtes la
fille de Viktor Hernyo ?

— Sa fille adoptive, oui. Pourquoi ?

— Vous ne lui ressemblez pas.

— Vous le connaissez ?

— De réputation surtout. Je n'ai jamais eu affaire à
lui directement. Est-ce que vous participez à ses
affaires ?

— Est-ce un interrogatoire ?

— Tita, je suis content que vous ayez accepté mon invitation, se contenta de répondre Otto avec un grand sourire lumineux.

Tita lui rendit son sourire. Elle était volubile, elle prit aussitôt l'initiative de la conversation et elle entreprit de répondre à ses questions. Pendant qu'elle parlait, Otto l'observait attentivement. Le noir lui seyait bien et mettait en valeur sa peau pâle et délicate. Ses cheveux lisses luisaient richement. Ses paupières clignaient au rythme de ses paroles et ses longs cils battaient l'air. Elle s'exprimait posément et s'appliquait à prononcer chaque mot avec un soin extrême.

— Je ne gère que les portefeuilles de valeurs mobilières de l'entreprise, reprit-elle. Mon père continue de veiller à la bonne marche du reste, c'est-à-dire surtout le secteur immobilier. Je garde une certaine distance face à cette partie de ses activités. Je n'aime pas les gens qui l'entourent. Ce sont des brutes et des bureaucrates. Les premiers vivent de violence et en utilisent toute la gamme. Les seconds vivent dans la peur et dissimulent leur médiocrité derrière le papier.

Tita aussi observait Otto, mine de rien, entre ses coups d'œil expressifs et ses gestes retenus et précis. Il avait un visage sympathique avec un front haut, intelligent, et des yeux sombres, intenses. Elle ne pouvait ignorer sa forte présence qu'accentuait davantage son physique et sa haute stature qui l'obligeait à se pencher vers elle pour la regarder et lui parler. Elle ressentait en sa présence un trouble agréable, presque réconfortant. Elle ne se rendit pas compte qu'on leur avait servi du vin, mais d'un geste machinal elle tendit la main et porta le verre à ses lèvres. Puis on leur apporta un plat qu'elle ne connaissait pas, mais qui lui parut délicieux.

— Cela fait longtemps que vous habitez dans ce quartier ? demanda-t-elle.

— J'y suis né, répondit-il simplement.

— Je ne savais pas qu'un endroit aussi... exotique... existait dans la ville.

— Oui, nous avons été oubliés par le temps, en quelque sorte. Lorsque j'étais petit, j'ai commencé à explorer la ville à partir d'ici. Elle me semblait alors infinie. Pendant que je grandissais, la ville se développait aussi, de sorte que je n'ai jamais eu l'impression de la connaître entièrement et elle m'a l'air toujours infinie. La ville s'est étendue rapidement et anarchiquement, certaines de ses parties sont modernes et très peuplées, d'autres ont été délaissées, presque abandonnées.

— Pourquoi est-ce ainsi ? La ville devrait pourtant être partout la même. Les vieux quartiers devraient être modernisés. Après tout, les gens ne sont pas si différents les uns des autres. Nous avons tous les mêmes besoins.

— C'est sans doute vrai, acquiesça Otto. Mais peut-être ne voyons-nous pas les choses de la même façon. Nous créons la ville au fil de notre quotidien, elle nous ressemble, elle est un témoignage de ce que nous sommes et de notre histoire. Elle est en changement constant ; cependant, elle est différente pour chacun de nous. Mais peu importe ce que nous sommes et comment nous influençons la vie de la ville, elle nous survit toujours ; en ce sens elle est éternelle. Nos différences aussi survivent et se perpétuent dans le temps.

Voilà pourquoi la ville ne sera jamais un tout uniforme et homogène.

Tita écoutait et approuvait par des hochements de tête méditatifs. Elle regardait Otto, ses yeux étaient légèrement écarquillés mais elle ne semblait plus le voir. Ce que Otto disait l'avait plongée dans une sorte de rêverie, il avait ouvert devant elle une porte imaginaire et elle en avait franchi le seuil.

On leur avait servi du café. Il y eut un flottement dans leur conversation. Songeuse, Tita porta sa tasse à ses lèvres. Les doigts de sa main gauche jouaient dans ses cheveux en tentant d'y faire des boucles, son regard se perdit dans un lointain insondable. C'était un moment d'abandon et de grâce qu'Otto trouva émouvant. Il la sentait près de lui, ou du moins, il savait qu'il avait capté son attention et que, d'une certaine façon, il avait accès à sa sensibilité.

— Où habitez-vous ? finit-elle par demander. Dans une maison ? Un appartement ?

— Un hôtel particulier, répondit Otto, presque à regret.

— Un quoi ?

— Oh ! rien d'impressionnant, un bâtiment d'un beau style et bien conservé. Ça vient de ma famille. Je peux vous faire visiter si vous voulez, c'est à deux pas.

Il lança cette invitation sans réfléchir, il ne s'attendait pas à une réponse favorable. Mais le visage de Tita s'illumina d'un sourire juvénile qui ensoleilla l'espace de la table entre eux. Ses yeux pétillaient et elle dit joyeusement :

— Pourquoi pas, puisque je suis venue jusqu'ici… Elle se ravisa en prenant un air hésitant. Je ne sais pas si ce serait approprié ; après tout, je ne vous connais pas...

Otto la regarda sans rien dire, étonné par ce revirement. Tita éclata de rire, amusée par l'effet qu'elle venait de produire. Puis elle se leva d'un coup et lança :

— Alors, on y va ?

XI

Ils quittèrent l'ambiance chaleureuse du restaurant pour sortir dans la fraîcheur relative et humide de la rue aux pavés gras et glissants. La terrasse était toujours inoccupée malgré son air accueillant sous son large auvent bordeaux. C'était le milieu de l'après-midi. Tita marchait gaiement et respirait profondément comme si l'air ici était d'une nature meilleure. Elle paraissait insouciante, nullement préoccupée par le fait qu'elle était seule avec un homme qui lui était somme toute un parfait inconnu et qu'ils se dirigeaient vers la demeure de ce dernier. Otto, non plus, n'était pas inquiet, il avait l'air content et paraissait apprécier ce moment pour ce qu'il était. Inspiré par l'élégance de la rue et l'effet qu'elle produisait sur Tita, il déclara :

— Ces maisons datent du XVIIIe siècle. Elles ont été construites à une époque de grande prospérité de la ville, c'est ce qui explique leur taille, leur richesse et leur beauté.

— Cela veut-il dire que votre famille est ici depuis le XVIIIe siècle ?

— Peut-être. Ma famille est dans cette ville depuis longtemps. Un de mes ancêtres fit l'acquisition de l'immeuble autrefois et depuis nous y vivons.

— Vous faites partie des vieilles pierres en somme, dit Tita avec un sourire espiègle.

Otto allait répondre quelque chose sur le même ton lorsqu'un souffle de vent humide balaya la rue et la pluie se mit à tomber presque aussitôt. Il prit la main de Tita et ils coururent vers l'entrée d'un immeuble coquet de plusieurs étages à une trentaine de mètres devant eux. Une fois dans le hall d'entrée, mouillés par l'averse soudaine, ils reprirent leur souffle en riant.

— Nous sommes arrivés, annonça Otto.

Tita avait eu le temps de voir l'extérieur de l'immeuble qui lui avait paru imposant.

— Vous habitez seul ici ? C'est un peu grand, non ?

— Je n'occupe que le dernier étage, expliqua Otto en se dirigeant vers l'escalier. Aux étages inférieurs vivent des amis de la famille, ou plus précisément des amis de mon grand-père. C'est lui qui m'a élevé. Mes parents ont disparu alors que j'étais encore très jeune.

— Tiens ! Je n'ai pas connu mes parents moi non plus !

— Quel curieux hasard, s'étonna Otto à son tour. Enfin, c'est mon grand-père qui a eu cette idée pour aider des gens qui n'avaient pas de logement. En contrepartie, certains s'occupent de l'entretien, les autres assurent divers services. Il y a beaucoup de place, je pense que c'est un bon arrangement. D'ailleurs c'est très calme, la plupart de ces gens sont vieux, ils sortent peu, on ne les rencontre que rarement, de sorte que j'ai l'impression de vivre seul ici.

— C'est très intéressant, reprit Tita. On dirait une commune.

— Tout le quartier fonctionne un peu comme une commune. Nous sommes tous très liés.

Ils arrivèrent au premier étage. La rampe de bois sous leurs mains tourna gracieusement vers la droite en faisant une brève pause dans son ascension, puis s'éleva de nouveau vers l'étage supérieur en laissant au milieu un espace vide en forme d'ellipse où on pouvait voir le carrelage blanc incrusté de menus motifs noirs. Sur le palier, à droite et à gauche, s'enfonçaient dans les profondeurs du bâtiment de larges couloirs sur lesquels donnaient des portes de bois décorées de motifs sculptés. Aucun son ne leur parvenait. Quelques discrètes odeurs de cuisine s'insinuaient dans l'air, lui donnant une texture familière et domestique. Au dernier étage, il n'y avait pas d'odeur et le couloir était d'une propreté impeccable. Une grande porte blanche s'ouvrait sur le palier face à l'escalier. Les murs de la cage d'escalier s'élevaient très haut, jusqu'à un puits de lumière qui laissait entrer une maigre clarté. Otto ouvrit la porte et ils entrèrent dans une antichambre spacieuse qui elle-même s'ouvrait sur un salon immense. Les yeux de Tita furent immédiatement attirés par les grandes fenêtres qui occupaient presque entièrement un des murs de la pièce et la lumière qui entrait en abondance de ce côté-là. De l'autre côté des vitres, elle apercevait les faîtes des arbres verdoyants et, en s'approchant, elle constata que les fenêtres donnaient sur un parc. Le salon était peu meublé, mais avec goût. La plupart des meubles étaient de style ancien et témoignaient d'un travail d'ébénisterie délicat, mais elle identifiait des pièces modernes dispersées qui se mariaient bien avec ce fond antique. Les espaces entre les tapis orientaux, révélaient le parquet admirablement conservé et, sur les murs, des moulures fines soulignaient la cimaise.

— C'est joli chez vous, dit-elle en se tournant vers Otto.

— C'est peut-être vieillot, répondit-il en s'excusant presque. Ce n'est pas aussi moderne et confortable que chez vous.

— Bah ! On finit par se lasser à la longue de tout ce béton. Votre environnement est harmonieux et humain. Il doit faire bon vivre ici.

Elle ôta son blouson et se laissa choir sur le canapé.

— Vous prendrez bien un verre. Est-ce que je peux vous servir une boisson ou préférez-vous continuer la visite ?

— Faisons une pause, proposa-t-elle avec conviction.

Otto se dirigea vers un coin du salon, sortit deux verres bas et ventrus qu'il remplit à demi d'un liquide ambré. Il mit une musique de fond, en accord avec le décor, et revint vers Tita. Il s'assit à côté d'elle. Ils trinquèrent. Otto indiqua d'un geste de la main une porte dans le mur à leur gauche.

— Par là, il y a une salle à manger dans le même style que le salon. Ensuite, une grande cuisine, puis une bibliothèque, un bureau, un fumoir, un boudoir, des chambres et des salles de bains.

— Combien de pièces y a-t-il en tout ?

— Dix-huit. Quelques-unes sont restées vides.

— Vous aimez vivre à l'aise.

Le ton de Tita était taquin et gentiment incisif.

— Sans doute. J'ai toujours vécu ici comme ça.

La bouteille était posée sur la table basse devant eux et Otto rajouta un peu de liquide dans leurs verres.

— Je vous trouve très intéressant, déclara Tita en buvant une gorgée.

— C'est réciproque, admit Otto. Prodigieusement intéressante…

En se rasseyant, son visage s'approcha de celui de Tita qui lui offrit naturellement ses lèvres. En l'embrassant, Otto lui prit son verre. Elle s'allongea à demi sur le canapé, il se pencha sur elle et ils restèrent ainsi enlacés pendant longtemps. Tita avait un corps ferme et tendre à la fois. Lorsque son chemisier glissa de ses épaules, ses seins d'une blancheur étonnante surgirent en pointant leurs bouts rosâtres vers Otto qui les enveloppa doucement de ses mains. Tita se laissa aller contre le corps musclé d'Otto avec un plaisir manifeste et, lorsqu'elle sentit cette masse douce et chaude sur elle, elle poussa des gémissements qui emplirent l'air.

Sous ses paupières, la lumière n'était plus qu'une ombre rouge et elle sombra dans un monde obscur de lenteur et de sensations tactiles où, lui semblait-il, elle aurait pu rester pour l'éternité. Où ailleurs aurait-elle pu être puisque l'univers autour d'elle avait disparu, ne laissant plus que cette sensation brûlante qui la dévorait tout entière. Otto paraissait être dans un état semblable, plongé dans un monde de cognition instinctive où seul le corps laissé à lui-même pouvait trouver sa voie. Un monde si familier de soupirs étouffés et de gestes langoureux. Lorsqu'ils s'endormirent, la nuit était tombée. Le silence de l'appartement n'était entamé que par le faible tambourinement de la pluie sur les feuilles des arbres et sur les toits.

Plus tard cette nuit-là, Tita s'éveilla. Elle était couchée dans un grand lit au milieu de quatre colonnes qui soutenaient un ciel de velours vert sombre. À côté d'elle, Otto dormait sur le ventre. Au delà des voiles de dentelle, elle percevait un monde d'ombres et de clairs-obscurs éclairé par la lueur qui venait des fenêtres. Elle se dégagea en soulevant le bras d'Otto et en le reposant délicatement sur le drap sans que celui-ci ne s'éveille. Puis elle s'avança dans la vaste chambre où des meubles massifs faisaient des taches sombres trapues à l'angle des murs. Elle s'approcha des fenêtres, la clarté qui entrait était d'un vert phosphorescent et émanait de la végétation du parc. Elle était dépaysée d'être si près du sol. D'habitude, lorsqu'elle regardait par la fenêtre de son appartement, elle voyait la ville de haut et de loin ; mais là, elle était à peine à la hauteur des arbres. Elle se détourna de ce spectacle, ses yeux s'étaient habitués à l'obscurité et elle se dirigea vers une porte qu'elle croyait être celle de la salle de bains. L'air chaud caressait sa peau nue avec une douceur infinie. Derrière la porte, elle découvrit la salle à manger avec un lustre immense au-dessus d'une longue table de bois sombre, à l'aspect massif, autour de laquelle s'agglutinaient des chaises aux pattes galbées et élégantes. Sur les murs s'étalaient de grands rectangles obscurs qu'elle devinait être des miroirs et des tableaux. Sur cette pièce s'ouvraient symétriquement d'autres portes blanches au contour souligné par une mince ligne sombre. Tita poussa l'une d'elle au hasard et entra dans une cuisine au carrelage antique, aux comptoirs de marbre, meublé d'appareils modernes de verre et d'acier. Elle erra de pièce en pièce pendant un bon moment dans un état de demi-éveil. Au fur et à mesure de son exploration, elle se composait une image mentale des lieux qui lui permettait de mieux se situer dans ce dédale de chambres et de couloirs. La plupart des pièces recevaient un éclairage naturel qui venait des fenêtres hautes et étroites, de sorte que tout baignait dans une pénombre qui laissait voir les objets. L'espace occupé par l'étage était très grand. Tita ne savait pas quelle portion elle avait jusque-là visitée ; elle s'apprêtait à rebrousser chemin mais ouvrit encore une dernière porte. Soudain, devant elle, apparut un ours dressé sur ses pattes arrière. Elle resta figée de peur. L'ours ne bougeait pas lui non plus. Ils s'observèrent, immobiles. Elle referma la porte doucement sur l'animal. Elle retourna dans la chambre s'étendre près d'Otto en prenant bien soin de bloquer avec une chaise la porte derrière elle. Otto était toujours là, dans la position où elle l'avait laissé. Il aurait pu aussi bien être mort, pensa-t-elle, tellement il demeurait inerte ; elle ne l'entendait même pas respirer, seule sa chaleur indiquait qu'il vivait encore. Elle tira le drap sur eux et s'endormit dans l'écume de tissu froissé en emportant dans son sommeil ce qu'elle venait de voir.

Le matin, les yeux de Tita s'ouvrirent sur le ciel de lit. À côté d'elle, Otto aussi était éveillé.

— Je crois que j'ai fait un rêve, dit-elle. Je marchais dans l'appartement sans savoir où j'allais. Je cherchais je ne sais plus quoi. J'ai ouvert une porte, et derrière, il y avait un ours. Il n'a pas bougé, ni fait aucun bruit. J'ai refermé la porte et c'est ainsi que j'ai pu lui échapper.

— Ce n'était pas un rêve, dit Otto.

Tita ne dit rien et attendit la suite. Otto fit une pause, puis poursuivit.

— C'est un ours qui est apparu un jour dans les jardins. Il y a soixante ans. En pleine ville, c'était incroyable. Des hommes ont eu peur et ils l'ont abattu. Mon grand-père a assisté à la scène, et comme l'animal était sur sa propriété, ils lui ont donné la dépouille. C'était une bête superbe, un mâle adulte, énorme. Il l'a fait empailler pour pouvoir l'admirer à loisir. Personne n'a jamais su d'où il était venu, ni comment il était arrivé là.

Ils regardaient en silence le tissu qui pendait entre les colonnes du lit comme un ventre mou bariolé de taches étranges. Tita voyait l'animal se débattre au milieu des hommes qui l'encerclaient et l'excitaient de leurs cris. L'ours se mouvait parmi les petits hommes, insignifiants sans doute pour lui, mais qu'il craignait néanmoins. L'animal s'effondra, telle une masse énorme de chair qui, après quelques soubresauts et des gestes lourds, se figea vaincu, terrassé et écrasé par son propre poids. Il ne resta de lui qu'une grosse tache sombre sur la tenture. Tita se leva pour aller jusqu'à la fenêtre. Le parc lui parut différent de la veille. Au lieu du boisé quadrillé d'allées et parsemé de bancs, elle voyait un jardin d'un dessin harmonieux aux arbustes taillés en sphères et en cônes. Sur la pelouse, elle crut voir un groupe mondain en costumes d'époque prendre le thé. Pour mieux voir, elle ouvrit la fenêtre et se pencha par l'ouverture au-dessus du vide. Devant elle, il n'y avait que le parc avec ses arbres, ses allées et ses bancs. Elle resta perplexe, puis elle referma la fenêtre et retourna s'allonger près d'Otto en s'interrogeant sur ses impressions depuis qu'elle était dans cette maison.

XII

Tita était rentrée chez elle pour régler quelques affaires. Elle avait promis à Otto de revenir vers la fin de la journée. Si Otto semblait libre et maître de son temps, pour elle il en était autrement, mais elle avait affirmé qu'elle pourrait se dégager pour quelques temps.

La matinée était déjà bien avancée lorsque Otto, déboulant dans les escaliers avec une certaine allégresse, remarqua un homme rondouillard, comiquement élégant dans un costume brun, et qui s'adonnait à la contemplation des carreaux de céramique tapissant l'entrée. En l'apercevant, Otto ne pensa à rien de précis si ce n'était de constater qu'il ne l'avait jamais vu auparavant. À son approche, l'homme se tourna vers lui vivement. Il avait des cheveux coiffés vers l'arrière, des yeux de la couleur de sa peau, une barbiche grisonnante et un foulard de soie rose bouffant autour du cou.

— Monsieur Prime, je présume, dit-il d'une voix fluette.

— Vous présumez bien, répondit Otto. Que puis-je pour vous ?

— Shelby Engelschell, avocat, récita-t-il.

— Je vous écoute, dit Otto un peu perplexe en fronçant légèrement les sourcils.

Engelschell changea d'attitude tout à coup. Il devint plus détendu et en promenant un regard admiratif autour de lui, il continua en souriant.

— Vous habitez un bien bel immeuble, monsieur Prime.

— En effet, acquiesça Otto. Est-ce pour me dire ceci que vous me rendez visite ?

— Cela va dans le sens général de ma démarche, oui.

— Eh bien, je vous écoute, dit Otto avec une pointe d'impatience dans la voix.

— Voici : le client que je représente aimerait beaucoup s'installer dans ce quartier où il a vécu dans sa jeunesse. Il aimerait faire l'acquisition d'un immeuble tel que celui-ci. En visitant les alentours il s'est intéressé particulièrement au vôtre. Je dis le vôtre parce que je me suis permis de faire une petite recherche et c'est votre nom qui est apparu comme étant celui du propriétaire. Est-ce que je me trompe ?

— Non, vous ne vous trompez pas, je suis bien le propriétaire.

— Vous avez sans doute un titre de propriété en bonne et due forme ?

— Je garde toujours précieusement les documents importants. Mais je dois vous dire que je n'ai aucune intention de vendre ma demeure.

— Nous pourrions en discuter. C'est certainement une question de prix.

— C'est une question de principe. Et puis, je suis très attaché à cette maison car, voyez-vous, moi aussi j'ai vécu toute ma vie ici. Mais, qui est votre client ?

— Il souhaite pour le moment garder l'anonymat. Mais, bien sûr, si la discussion s'engageait plus avant, il se ferait connaître.

— Ah ! Je vois, laissa tomber Otto en prenant un air désinvolte. Eh bien, vous informerez votre client de l'inutilité de votre démarche.

Puis, il se dirigea vers la porte avec l'air de penser que cette conversation n'avait été qu'un contretemps ennuyeux.

— Attendez ! Attendez ! cria Engelschell en trotti-nant à sa suite.

Otto avait déjà une main sur la poignée de la gran-de porte vitrée lorsque son interlocuteur le rejoignit. Le contraste entre eux était saisissant ; Otto était grand et musclé, à côté de lui Engelschell faisait l'effet d'un scarabée cachou avec une enflure rose autour de ce qui paraissait être son cou.

— Vous pourriez réfléchir à cette proposition. Et, au cas où vous changeriez d'idée ou que vous vou-driez me contacter, je vous laisse ma carte.

Otto prit la carte d'une main distraite, son regard scrutait déjà la rue, il n'était plus là. À peine dehors, il avait déjà oublié l'existence même de l'homme. Comme un animal réagissant d'instinct à l'appel de la nature, il partit dans la ville pressé par ses affaires. Engelschell le suivit un moment, puis bifurqua vers sa voiture garée tout près. Il ne savait que penser.

Finalement, il se convainquit que sa mission était une demi-réussite ; il avait rencontré l'homme et il avait obtenu quelques renseignements de plus. Il fit demi-tour avec sa voiture et reprit en sens inverse le chemin par lequel il était venu car c'était, selon lui, la meilleure façon de sortir du quartier sans se perdre.

XIII

En arrivant à la porte de la piscine, Otto sut que Arnold était déjà là ; les bruits de clapotis ne laissaient aucun doute. Bien sûr, quelqu'un d'autre aurait pu profiter des bienfaits de cette eau idéale, mais Arnold avait développé un goût prononcé pour ces baignades qui lui permettaient d'oublier momentanément son infirmité, et désormais il venait nager chaque fois qu'il en avait le temps. Otto comprenait parfaitement ce que cela voulait dire pour lui, sa sensibilité allait jusqu'à l'empathie, et c'est avec plaisir qu'il assistait à cette résurrection où Arnold jouissait d'une sorte de nouvelle vie, même si c'était une vie de mammifère aquatique. Il ne se trompait pas. En pénétrant dans la verrière, il repéra Arnold au milieu des remous, seul son dos luisant était visible. Il plongea et son postérieur rond apparut un instant à la surface. Otto en conclut qu'il était nu. De cette façon, il était véritablement un être différent, mi-homme mi-poisson, répondant à cette pulsion de vie primordiale, en accord avec elle, participant à cette aventure cosmique dont l'élan ne s'était nullement affaibli avec le temps. En plongeant, Arnold remontait aux sources de la vie, à l'essence de ce qui le composait, il renouait avec tous ces êtres qui l'avaient précédé et ressortait de cette expérience renouvelé, transformé. Otto aussi appréciait l'eau, son effet régénérateur et la sensation agréable qu'elle procurait en permettant d'échapper à la touffeur de la ville. Il quitta ses vêtements humides et s'enfonça dans le liquide rafraîchissant. Il ne voyait plus Arnold qui n'était pas encore remonté à la surface. Celui-ci apparut d'un coup à côté de lui en arborant un grand sourire. Il était heureux comme un enfant, libre, insouciant, profitant du plaisir simple de sentir l'eau s'écouler sur son corps. C'est dans ces moments qu'Otto éprouvait le plus d'amitié pour lui.

— Salut, dit Arnold, je me demandais si tu allais venir aujourd'hui.

— C'eût été difficile de résister. Il fait si chaud. J'ai été retardé par un drôle de type qui voulait acheter ma demeure. Pourtant, elle n'est pas à vendre.

Arnold éclata de rire et fit quelques brasses vers le bord de la piscine, il s'accrocha en croisant les bras sur la surface carrelée.

— Il est allé te voir et t'a dit : je veux acheter votre maison ?

— Plus ou moins, répondit Otto. Il était bien informé et il m'a dit qu'il travaillait pour quelqu'un d'autre.

Arnold réfléchit. Cela lui rappelait des situations de son ancienne vie, mais il ne savait plus quoi au juste. Il ne se souvenait pas d'avoir eu à accomplir une mission semblable. Otto aussi réfléchissait aux événements inhabituels des derniers jours et les liens qui les unissaient. Par exemple, y avait-il un rapport entre l'attaque du concierge et l'offre d'achat ? S'il ne pouvait répondre à cette question, il savait en revanche qu'une certaine activité agitait le quartier depuis peu et qu'il y avait un va-et-vient de gens nouveaux que personne ne connaissait. Il s'accrocha d'une main au bord de la piscine de façon à faire face à Arnold.

— Parfois, reprit-il, j'aimerais avoir le don d'ubi-quité, être à plusieurs endroits à la fois.

— Ah ! Mais c'est possible, avança Arnold dans un souffle. Enfin, c'est possible d'être virtuellement pré-sent à plusieurs endroits. Je pensais justement à cette possibilité en venant.

— Tu veux dire, par le réseau de surveillance des caméras ?

— Exactement. Je trouve frustrant de ne rien voir de ce qui se passe par ici. Je vois toute la ville n'impor-te quand, mais dans ce quartier, rien.

Otto réfléchit. Les vagues autour d'eux s'étaient apaisées et projetaient sur le fond du bassin des entre-lacs de lignes sombres qui délimitaient des zones claires et mouvantes.

— Cela voudrait dire que j'aille avec toi regarder les écrans. Cela prendrait énormément de temps.

— Pas forcément, reprit Arnold. Puisque je consacre déjà tout mon temps à le faire, je pourrais t'informer de ce qui se passe.

— Il nous faudrait un moyen de communication plus direct alors.

— Nous pourrions communiquer par radio, annonça Arnold qui paraissait avoir déjà tout prévu.

— Et le matériel ?

— L'administration Hernyo ne serait que trop heu-reuse d'avoir quelques « fenêtres » sur cette partie de la ville.

Otto était de plus en plus convaincu de la validité de cette proposition. Il plongea la tête sous l'eau et, en remontant, il arborait un sourire énigmatique.

— Cela me paraît bon, dit-il avec conviction. Je vais voir ce que je peux faire pour que l'installation des caméras se fasse sans trop de problèmes.

— Magnifique ! s'écria Arnold.

S'aidant des deux mains, il se rejeta en arrière vers le centre du bassin et, battant l'eau des bras, il s'éloigna d'Otto dans un bruit d'éclaboussement.

Ils barbotèrent pendant une bonne heure encore en bavardant. Arnold s'en donnait à cœur joie. Il nageait avec une grande aisance et, lorsqu'il plongeait, il semblait planer dans le liquide comme un oiseau dans l'air, avec grâce et élégance. Lorsque vint le moment du départ, il accosta le bord du bassin, là où il avait laissé son fauteuil roulant. Il se hissa sur le rebord, remonta ses jambes sur la surface carrelée en s'aidant de ses mains et commença à s'essuyer. Il n'était plus l'être aquatique gracieux qui avait évolué avec facilité dans son élément naturel. Il était un être gauche dont le corps en exil dans un monde étranger s'écrasait, vaincu par les forces hostiles de la gravité. Il était le dauphin inerte échoué sur une plage. Otto était toujours surpris par cette transformation radicale. Il aurait voulu l'aider mais Arnold, par fierté et pour afficher son autosuffisance, avait toujours refusé. Il se rhabilla avec des gestes précis et adroits et, à bout de bras, souleva son corps pour l'installer dans le siège. Il fit un signe de la main à Otto et entreprit de propulser son véhicule le long de la piscine vers la sortie. Otto était encore dans l'eau ; il regarda Arnold s'éloigner le dos courbé sous l'effort en constatant que les roues de son fauteuil ne couinaient plus. Enfin, l'être mi-homme mi-machine, le centaure mécanique, disparut par la porte de la verrière comme s'il avait franchit le seuil d'un autre monde.

Otto resta seul et, au bout d'un moment, il mit fin à sa baignade. Rien ne le pressait, il se sécha et alla dans la pièce dissimulée pour se reposer. Il s'allongea sur un des lits de repos et, tout en pensant à sa conversation avec Arnold, il tira de la poche de son blouson un petit volume. Il l'ouvrit à la page marquée par un signet et lut :

[] « *Celui qui est capable de faire venir l'ennemi de sa propre initiative le fait en lui offrant quelque avantage ; et celui qui est désireux de l'en empêcher le fait en le blessant.*

[] *La grande science est de lui faire vouloir tout ce que vous souhaitez qu'il fasse, et de lui fournir, sans qu'il s'en aperçoive, tous les moyens de vous seconder.* »

Sun Tzu, L'Art de la Guerre

Un peu plus loin dans le texte, il lut cette phrase :

« *Une armée sans agents secrets est un homme sans yeux ni oreilles.* »

Il se réjouit de l'opportunité de ces réflexions et s'étonna encore de la modernité de Sun Tzu. Il songea de nouveau à cet état de guerre latente qui semblait régner sur la ville et qui enserrait chaque aspect de la vie quotidienne dans un réseau de tensions. Gagné par la fatigue de la baignade, Otto se détendit et s'abandonna au confort de la couche. Il ferma les yeux en laissant courir sa pensée. Il remarqua un faible bruit qui venait du dehors, un murmure lointain qui prenait progressivement de l'ampleur. Puis, le son se mua en une rumeur de foule qui paraissait être encore à une grande distance mais qui se rapprochait. Il entendait des cris de ralliement mêlés à des cris de défi s'élever au-dessus d'une masse nombreuse et menaçante. Il se leva, sortit par la porte qui donnait sur le jardin. Là, les cris étaient déjà plus forts, amplifiés et renvoyés par les murs des immeubles. Au bout de l'allée qui menait à la rue, il voyait des silhouettes défiler dans un flot humain continu qui avançait vers la place à une centaine de mètres de là. Otto se mit à courir à travers la végétation du jardin vers la rue. Il distinguait mieux maintenant les gens pressés les uns contre les autres et qui progressaient vers un lieu qu'il ne pouvait encore voir. Il en reconnaissait quelques-uns dans la multitude. Ils portaient de longs bâtons qu'ils agitaient de façon menaçante et des chaînes qu'ils faisaient tournoyer dans les airs au-dessus de leurs têtes. Gagné par cette sorte d'instinct qui dans les moments de crise nous pousse vers ceux que nous connaissons, il se mêla à la masse et se laissa emporter par le mouvement. Venant du parc à sa suite, une foule semblable marchait entre les arbres et dans les allées. Ils convergeaient tous vers la place. Son regard se porta au-delà de la cohue gesticulante qui l'entourait vers l'autre extrémité du grand espace carré que découpait nettement les intersections de quatre rues. Une coulée de gens envahissait la place par les coins opposés et se répandait sur la surface pavée tel le déferlement des eaux d'un barrage qui aurait cédé. Les deux groupes marchaient résolument l'un vers l'autre. Ceux d'en face se distinguaient par leurs vêtements plus citadins, qui les rendaient anonymes dans l'animation quotidienne des rues. Certains d'entre eux avaient des bâtons, d'autres plus rares, des armes à feu. C'est par ceux-là que l'affrontement commença. Quelques coups de feu retentirent, des corps tombèrent ensanglantés sur les pavés. Une grande clameur s'éleva aussitôt et les deux foules s'élancèrent l'une contre l'autre comme deux vagues s'entrechoquant avec une force extrême. La ligne d'affrontement s'élargit rapidement pour devenir une zone de combats violents où ceux qui tombaient étaient aussitôt piétinés. Les porteurs d'armes à feu étaient les premières victimes, leurs armes étaient inefficaces contre la multitude et, une fois les premiers coups de feu tirés, ils étaient assaillis de toutes parts. Les premiers eurent la tête fracassée à coups de bâtons, d'autres s'effondraient avec un pic planté dans la poitrine ou dans la gorge.

Le groupe auquel appartenait Otto était mieux adapté au combat, la plupart avaient grandi dans la rue, rompus aux coups de main, habitués à la violence de la ville. Ils étaient également mieux préparés, leurs armes, chaînes et couteaux, étaient plus efficaces et leurs vêtements de cuir les protégeaient des coups dans une certaine mesure. Ils gagnaient du terrain et occupèrent bientôt toute la place en repoussant l'ennemi dans les rues latérales. Des têtes coupées plantées sur des pics apparurent sur la place. C'était une lutte sans merci où la victoire des vainqueurs ne pouvait qu'être cruelle. Dans les rangs de l'ennemi, il y avait pourtant des professionnels de la violence, par exemple des hommes de main, mais ils n'étaient pas assez nombreux pour changer le cours de la bataille. L'ennemi était refoulé vers son territoire. La horde dont faisait partie Otto franchit le boulevard qui délimitait le quartier et s'élança à l'assaut de la ville nouvelle, balayant les rues larges et claires comme un typhon. Devant ce front impétueux, tous fuyaient soit le long des rues, soit vers les hauteurs en montant dans les étages des immeubles pour tenter de s'y barricader ; ceux qui tombaient mouraient écrasés, mutilés, broyés par cette masse déchaînée qui avançait, telle une coulée de lave. Bientôt des incendies éclatèrent partout, faisant des panaches sombres qui obscurcissaient le ciel au dessus de la ville. Du sommet de l'édifice Hernyo s'échappait une fumée épaisse tandis que dans les fenêtres des étages inférieurs la clarté des flammes éclairaient la structure de leurs lumières dansantes, lui donnant un aspect léger et aérien.

La victoire semblait totale et Otto, avec ceux qui l'entouraient, commençaient à se réjouir de la tournure qu'avait prise la bataille. Mais, pendant qu'ils s'étaient avancés dans la ville, les forces de l'ennemi s'étaient regroupées et envahissaient maintenant leur territoire par le côté opposé où il ne restait pas assez de monde pour assurer une défense adéquate. Ceux qui étaient là furent à leur tour repoussés brutalement. Malgré une résistance opiniâtre, ils ne purent endiguer l'élan de l'ennemi. Le quartier était investi, les maisons étaient saccagées au passage et certaines étaient aussi incendiées. Lorsque Otto se rendit compte de ce nouveau développement, il était sur le toit d'un bâtiment moderne, tout de verre et d'acier, qui s'élevait très au-dessus des constructions qui l'entouraient. De là, partout où son regard se posait, tout n'était que désolation, flammes et fumée. Il ne voyait qu'une grande étendue sombre qu'éclairaient par endroits les brasiers. Une clameur de haine planait sur ce monde chaotique et dans l'air pesant, chargé d'un remugle de sang et de fumée, s'élevaient des gémissements et des cris de douleur. La situation devint confuse. Dans l'enchevêtrement des groupes se livrant encore combat et les nappes de fumée obscurcissant l'air, Otto perdit de vue l'ensemble de la bataille. Qui était où ? Qui occupait quoi ? Personne ne paraissait savoir ce qui se passait exactement. Otto et ceux qui l'entouraient entreprirent de redescendre dans la rue et de prêter main forte à ceux qui luttaient encore là. Un bruit d'arme à feu éclata à une courte distance d'eux et le sol à leurs pieds se mit à crépiter sous une pluie de balles. Tchak ! Tchak ! Tchak ! Tchak ! Il ouvrit les yeux. Au-dessus de lui, de grosses gouttes de pluie tombaient sur le toit de verre du puits de lumière avec un tambourinement assourdissant. Tchak ! Tchak ! Tchak ! Il resta immobile, les yeux fixés sur la plaque de verre parsemée de taches fluides. C'est ainsi que tout cela finira, pensa-t-il. Il regarda avec hébétude autour de lui, il reconnut l'endroit plongé dans l'obscurité. La lumière venant du plafond était ténue et il en conclut que l'après-midi tirait à sa fin. Il s'habilla et sortit avec précaution du côté du jardin.

XIV

Gudrun Töfel regardait avec un certain amusement teinté de tendresse Arnold tassé dans son fauteuil roulant, de l'autre côté de son imposant bureau. Elle trouvait au garçon une certaine beauté et un charme indéniable. Elle se laissait parfois aller à une douce rêverie, sensible à l'attrait physique qu'elle ressentait. Dans ces moments-là, elle regrettait l'état dans lequel Arnold était confiné. Elle était consciente du fait qu'il était le seul homme de son service, qu'elle était entourée de femmes dociles qui paraissaient chercher sécurité et réconfort dans leur nombre, et que cette préférence troublante qu'elle éprouvait pour lui émanait du contraste des genres et des personnalités. Toujours était-il qu'elle l'aimait bien et qu'elle lui accordait toute son attention pourvu qu'il formulât quelque besoin. Et Arnold était là pour le faire. Il était enfoncé dans son siège, les yeux à peine au niveau de la surface du bureau. Il contemplait Gudrun, son corps volumineux se dressant au-dessus du meuble, ses seins immenses à l'étroit dans son tailleur trop serré, son visage impassible aux lèvres goulues, qui trahissaient des appétits non assouvis, encadré de ses cheveux pâles ramassés en un chignon sévère, et il ne ressentait rien. Chacun déchiffrait du mieux qu'il pouvait les signaux de l'autre et après une lecture peu concluante, Gudrun déclara :

— Arnold, il me revient de vous annoncer que votre proposition d'installer un réseau de caméras dans le vieux quartier a été bien accueillie par l'administration.

Arnold ne répondit rien, il resta suspendu aux lèvres de Gudrun qui semblaient jouir de leur propre pulposité et qui, devant ce silence, étaient destinées à se remettre en mouvement.

— C'était un souhait de l'administration depuis quelque temps déjà, reprit-elle, mais qui n'a jamais pu être réalisé en raison du manque de coopération des habitants locaux.

Arnold opina de la tête pour montrer qu'il connaissait la situation et il sourit discrètement.

— Puisque vous êtes d'accord, continua Gudrun, je suppose que vous avez une solution à ce problème, sinon vous n'auriez pas présenté votre proposition.

— C'est exact, répondit Arnold.

— Eh bien, je vous écoute.

Arnold se redressa sur son siège et il parut grandir d'une dizaine de centimètres. Il voyait bien le dessus du bureau et, de l'autre côté, le ventre dodu de Gudrun que la ceinture de sa jupe séparait en deux bourrelets rebondis.

— J'ai des contacts, dit-il d'un air cauteleux.

— Ah ! des contacts, mais c'est très bien. Des contacts sur place, je suppose.

— En effet, parmi les habitants du quartier. J'ai trouvé des gens qui peuvent nous aider.

— Des gens… des contacts d'affaires, des amis à vous ou quoi ?

— Des gens qui sont prêts à nous soutenir et qui sont influents.

— Vous m'étonnez. Nous n'avons jamais pu obtenir la moindre coopération des habitants de ce quartier et vous, vous m'annoncez que vous avez accès à ceux qui peuvent faire avancer les choses.

Arnold approuva en dodelinant de la tête et en arborant un visage sérieux.

— Mais encore. Dites-m'en plus, donnez-moi des détails même si vous ne me donnez pas de noms. N'oubliez pas que c'est moi qui vous défends auprès de l'administration. Avant que les crédits ne soient autorisés pour le matériel, il y aura des questions.

— Oui, je comprends bien, répondit Arnold, pensif. Mais, à cette étape, je ne peux vous en dire plus. Je vous demande de me faire confiance et je peux vous assurer que dans quelques semaines nous aurons accès sur nos écrans à une partie importante de ce quartier.

— Bien, bien. Tout se passera bien alors, je peux compter sur vous ? Décidément, vous me mettez dans une situation délicate.

Arnold paraissait à Gudrun plus opaque que jamais. Son esprit était fermé à toute scrutation et son corps, entremêlé à la mécanique de son fauteuil, n'envoyait aucun signe non plus. Bien que hiérarchiquement son supérieur, elle se sentait vulnérable et en quelque sorte dépendante de lui. Elle pensa qu'elle avait été faible, elle aurait pu en effet faire peser davantage son autorité. Mais le contexte exigeait un certain tact et le succès anticipé pouvait être très important. Cependant, cette situation présentait un côté étrange et singulier. Elle sentait confusément Arnold aux prises avec ses élans intérieurs dans un clair-obscur où la raison et la conscience changeaient d'apparence pour prendre des valeurs relatives et mouvantes. Pour le moment, elle n'allait pas intervenir. Elle se leva et, ce faisant, déplia son corps munificent qui occupait ainsi un volume comparable à celui du bureau dont elle fit le tour avec une agilité surprenante. Elle avança vers Arnold avec l'aisance d'un paquebot et dans un geste de gentillesse, saisit les poignées de son fauteuil roulant pour l'aider à retourner à son poste de travail. D'un coup sec des paumes, Arnold bloqua les roues, se dégagea fermement mais sans brutalité, puis, énigmatique et superbe, il fit pivoter son véhicule et s'en fut dans un léger chuintement de caoutchouc vers son cagibi lumineux aux murs tapissés d'écrans.

XV

En arrivant chez elle après à peine vingt-quatre heures d'absence, Tita trouva l'endroit vide et banal. Ce lieu qui avait été depuis toujours son domaine, son jardin, son refuge, lui sembla soudain désenchanté. C'était maintenant un appartement quelconque, tiède, aux couleurs affadies, qui ne lui inspirait plus ce sentiment de confort et de fierté. Cet endroit ne lui paraissait plus être à son image, elle sentait qu'il s'était produit un léger décalage qui rendait les objets un rien étrange. Toutes ces lignes droites, ces surfaces planes, ces métaux étincelants et ces verres resplendissants qui éclaboussaient de lumière chaque pièce avaient l'air pompeux et quelque peu prétentieux. Elle se rendait bien compte que rien n'avait changé, tout était exactement le même, c'est sa perception qui était modifiée. En si peu de temps, pensa-t-elle, sa vie avait pris une tournure inattendue. Il y avait maintenant Otto qui occupait dans son cœur une place disproportionnée. Elle était sous l'effet de son charme. Mais que faisait-elle avant de le rencontrer ? Pourquoi avait-elle été si réceptive ? Sa vie était-elle si vide ? Elle ne pouvait répondre à aucune de ces questions avec certitude. Elle savait seulement que Otto lui plaisait énormément, qu'il vivait dans cet endroit irréel qui la fascinait et qu'elle ne voulait pour rien au monde renoncer à cette aventure. Elle pouvait se permettre de prendre le temps de vivre une bribe de vie nouvelle ; c'était un peu comme de prendre des vacances. Elle prit un sac de voyage et fit le tour de l'appartement en cueillant au passage quelques vêtements, des affaires de toilettes et des objets de première nécessité.

Il était tard lorsqu'elle arriva chez Otto. Celui-ci n'était pas encore rentré, alors en l'attendant elle prit un bain. Elle adorait se plonger dans un bain chaud tard dans la soirée alors qu'autour d'elle tout était tranquillité et langueur. L'eau agréable et les sels caressaient sa peau en laissant s'élever dans l'air des bouquets de parfum. Dans ces moments voluptueux, elle fermait les yeux et laissait son esprit dériver dans une lente rêverie peuplée d'images éthérées. Elle pouvait rester très longtemps ainsi, le corps submergé dans le liquide, en apesanteur, abandonnée entièrement à cette sensation émolliente. Elle imaginait qu'un homme marchait dans sa direction, elle ne le reconnaissait pas et elle n'arrivait pas à deviner ses intentions, mais il marchait vers elle avec détermination. Il approchait de la porte de la salle de bains, une lame de parquet gémit sous son poids. Ce bruit tira Tita de sa torpeur. « Otto ? », demanda-t-elle d'une voix assez forte pour qu'il l'entende. Il n'y eut aucune réponse. « Otto, est-ce toi ? » répéta-t-elle. Puis, presque aussitôt, elle se redressa, sortit de la baignoire et saisit une serviette posée sur le lavabo. Un homme apparut dans l'embrasure de la porte. Il avait une attitude équivoque, il semblait se demander s'il allait entrer. Il arborait un sourire idiot, un peu gêné, ne parvenant pas à détacher son regard du corps nu de la jeune femme. Tita ne l'avait jamais vu, mais elle reconnaissait son genre, c'était un des hommes de main de son père. L'homme, manifestement, ignorait qui elle était. Tita

110

lui trouvait un air pitoyable. C'était des hommes méprisables qui ne valaient guère mieux que des chiens, pensa-t-elle, et si on voulait encore leur donner le nom d'hommes, alors c'était des hommes-chiens. L'étranger avait d'ailleurs adopté cette attitude fourbe de certains chiens qui, à demi-soumis, se rapprochent de l'homme et le mordent dès qu'ils sont à sa portée. Tita détestait cette duplicité. Et l'homme se rapprochait d'elle avec un air ambigu, la main tendue dans sa direction pour toucher son corps. Elle jeta la serviette vers lui, il la saisit au vol d'un geste instinctif. Tita profita de ce bref instant de distraction de l'autre pour lui asséner un coup violent sur la pomme d'Adam avec les phalanges repliées de sa main droite formant une arme redoutable. L'homme émit un gémissement étouffé et tomba à genoux en se tenant la gorge d'où s'échappait le gargouillis de quelqu'un qui se noie. D'un coup de pied au visage, elle l'envoya rouler dans le couloir. Là où il disparut, un deuxième homme surgit, barrant de nouveau la voie de la porte. Plus déterminé que le premier, il se précipita sur Tita les bras tendus en avant. Tita esquiva l'attaque. La masse de l'homme la frôla dans un souffle d'air. Elle accéléra son mouvement en lui donnant un bon coup de coude au milieu des omoplates. Les pieds de l'homme heurtèrent le bord de la baignoire et il bascula en avant en se frappant la tête contre le mur. Il resta ainsi immobile quelques secondes dans une position d'arc-boutant. Puis, ses pieds glissèrent vers l'arrière et il bascula dans l'eau ; autour de sa tête, la mousse se colora de rose. Aussitôt débarrassée de ses agresseurs, Tita ramassa sa serviette et s'élança dans le couloir. À peine eut-elle fait deux pas dans l'espace sombre qu'elle sentit une poigne puissante se refermer sur son avant-bras. Elle poussa un cri de surprise en voyant apparaître devant elle un troisième homme. Combien y en avait-il? se demanda-t-elle. Comme des chiens sauvages, ils attaquent en meute. Cette idée la révulsa et, puisant un surplus de force dans son dégoût, elle frappa l'homme au visage de sa main libre. L'étau de la poigne tenait bon et enserrait son bras. Tita tenta de reculer pour déséquilibrer l'homme, mais il avait deviné sa tactique car il la précipita vers le réduit éclairé de la salle de bains. Elle tenta d'un coup sec de dégager son bras. L'homme accompagna ce geste d'un mouvement de poussée du corps. Tita fut déséquilibrée, emportée par son élan, elle trébucha et s'effondra en pivotant sur elle-même. Pour atténuer sa chute, elle tenta de se protéger de son bras libre et fracassa d'un coup violent le miroir au-dessus du lavabo. Son poing s'était logé dans la dépression que formaient les brisures du verre. Elle écarta sa main de la surface éclatée et quelques morceaux de verre longs et pointus tombèrent en tintant sur le carrelage. L'homme la tenait toujours fermement par le poignet comme une proie qu'il n'était pas disposé à lâcher. Tita saisit un long éclat de verre tranchant tombé dans le lavabo et, d'un geste rapide et précis, elle l'enfonça dans la gorge de l'homme. Celui-ci s'arrêta net, surpris par la douleur. Ses yeux s'écarquillèrent, découvrant des iris presque blancs où seules les pupilles apparaissaient, tels deux trous d'un noir insondable. Ses mains tremblantes voletaient autour de sa blessure mais sans s'approcher assez pour la toucher. Tita continua d'enfoncer son couteau de verre tout en scrutant les yeux de l'homme. Elle fut effrayée par ce regard froid où elle ne lisait aucune peur, ni d'ailleurs la moindre émotion. Ce n'est que lorsque l'homme se fût écroulé qu'elle se détendit un peu, son poignet gauche saignait, une entaille profonde suivait le tranchant de la main. Elle ramassa sa serviette, lava sa blessure et se fit un pansement sommaire.

Lorsque Otto rentra, il découvrit Tita dans le salon, recroquevillée au fond du canapé. Elle l'accueillit avec joie en se précipitant vers lui.

— J'ai été attaquée, lui annonça-t-elle d'emblée en l'invitant d'un geste à aller vers la salle de bains.

Otto trouva les trois corps dans les positions invraisemblables où la mort les avait laissés : le premier couché sur le dos dans le couloir, les mains autour du cou, le deuxième sur le carrelage de la salle de bains avec un éclat de verre planté dans la gorge et le troisième, dans la baignoire comme dans une piscine, ses jambes raides appuyées sur le rebord, en porte à faux, s'élevaient dans l'air. Otto constata avec satisfaction que Tita savait très bien se défendre toute seule. Il aurait pu la retrouver attachée nue sur une table, les jambes liées écartées, violée, mutilée et baignant dans son sang. Des scènes qu'il avait déjà vues tant de fois. Mais elle avait su se tirer de ce mauvais pas. Il saisit négligemment par un pied un des hommes qui gisait près de lui et le traîna sur le palier. Ce n'était plus qu'une masse inerte et flasque qui tressautait sur les irrégularités du plancher. Le deuxième laissa une longue trace rouge sur le sol qu'Otto nettoya avec une serviette. Le troisième était le plus lourd et le plus volumineux. Lorsque Otto laissa choir ses jambes, il s'échappa du corps un long jet d'air bruyant rappelant une outre qui se dégonfle. Otto referma la porte sans plus se soucier des cadavres, il savait qu'ils ne resteraient pas là longtemps, on s'occuperait d'eux. En revenant dans le salon, il contempla Tita d'un air admiratif. Elle semblait si frêle et vulnérable debout au milieu de la pièce, à moitié dévêtue, avec sa main bandée, mais il savait maintenant qu'il en était tout autrement.

— Ce sont des hommes de mon père, dit-elle sur un ton anodin. Ses yeux brillaient comme des braises.

— Que sont-ils venus faire ? demanda Otto.

— Habituellement, ils se déplacent dans un but bien précis, dit-elle. Et la violence reste toujours un corollaire de leurs activités. As-tu déjà eu affaire à eux auparavant ?

— Non. Mais il y a deux jours, j'ai rencontré dans l'entrée en bas un homme qui s'informait si je voulais vendre l'immeuble. Il a dit qu'il travaillait pour un client. Je ne l'ai pas pris au sérieux.

— A-t-il dit son nom ?

— Oui, mais je ne m'en souviens plus. Ah ! il m'a laissé sa carte ! s'exclama-t-il en fouilla les poches de son blouson. « Shelby Engelschell, avocat », lut-il.

— C'est l'avocat de mon père, affirma Tita. Il s'occupe de toute les transactions immobilières. Il a permis à mon père de faire un certain nombre de très bonnes affaires. Sa méthode consiste à cibler des propriétés clés dont l'achat entraîne l'acquisition d'autres propriétés avoisinantes, à des prix intéressants, à la suite d'opérations de changement de zonage qui font baisser momentanément les prix.

— Ah ! c'est donc pour ça qu'il voulait voir le titre de propriété.

— Et où est-il ce titre ?

— Là, dans mon bureau, avec mes autres papiers.

— Est-ce que Engelschell le savait ?

— Je lui ai dit simplement que je possédais ce document.

— Nous avons donc la réponse à notre question, conclut Tita. Ils sont venus chercher le titre, mais malheureusement pour eux, ils m'ont rencontrée. Nous allons certainement en voir d'autres.

Otto éclata de rire et prit Tita dans ses bras. La serviette dont elle était vêtue chut sur le sol, laissant son corps nu en contact avec le cuir odorant des vêtements d'Otto. Sa peau tiède sentait bon le savon parfumé laissé par le bain. Il l'embrassa doucement au creux de l'épaule, à la base du cou. Puis il la souleva comme si elle ne pesait rien et la porta jusqu'à la chambre.

— Il faut soigner cette vilaine blessure, dit-il en ôtant délicatement le pansement.

La plaie ne semblait pas profonde, en tous cas elle ne saignait plus. Tita faisait bien attention d'éviter tout contact avec sa blessure et tenait sa main levée pendant que Otto embrassait son corps. Il avait quitté ses vêtements. Ils tombèrent l'un dans l'autre, leurs sens exaltés par le danger et le combat. Ils sombrèrent dans un état d'abandon lisse et langoureux.

XVI

Le lendemain matin, Tita s'éveilla la première. Elle constata aussitôt que la chambre était illuminée par une lumière inhabituelle. Par la fenêtre entrait une forte clarté qui projetait sur le parquet un grand rectangle clair dans lequel bougeait l'ombre des arbres. L'air était plus sec et plus chaud que normalement et elle se rendit à l'évidence : c'était l'été. Elle se leva pour aller voir dehors. En traversant la zone claire, elle sentit sous ses pieds le contact agréable du parquet réchauffé par le soleil. Arrivée à la fenêtre, elle aperçut tout d'abord le ciel sans nuages, mais dont le bleu drapé d'une légère brume tirait sur un blanc lumineux. Les arbres luxuriants exhibaient leurs troncs vert-de-grisés. Les immeubles aux façades marbrées de moisissures sombres se dressaient, tels les vestiges fantomatiques d'une cité perdue qui émergerait d'un long oubli. La rue était presque déserte, Tita vit passer en trottinant un chien qui disparut bientôt en traînant sous lui son ombre comme un vieux sac. Tout cela lui sembla insolite, elle pensa qu'elle n'avait pas assez dormi. Otto, lui, dormait toujours d'un sommeil ferme et sans faille, enfoui dans le flot des draps. Elle le regarda un moment, il était immobile et sans défense. Elle souleva le drap qui le recouvrait et s'allongea sur lui de sorte que leurs peaux se touchaient sur la plus grande surface possible. Puis, elle ferma les yeux et attendit. Otto sentit sur lui le poids de ce corps léger et le contact de cette peau. Ses narines s'emplirent d'une odeur tiède de cheveux, des mèches effleuraient son visage et le chatouillaient. Il sortit de l'inconscience du sommeil profond pour atteindre un état de demi-éveil. Tita ne bougeait toujours pas, elle s'était laissée alanguir. Les mains d'Otto palpaient sa chair avec volupté. Elle ne résistait pas, elle se laissait toucher passivement. Puis, ils firent l'amour lentement, longtemps, les yeux fermés, dans une sorte d'état fœtal. Ils s'endormirent de nouveau.

Otto était heureux dans son sommeil. En s'endormant, il ne sut plus très bien s'il avait rêvé que Tita était avec lui. Pourtant, il sentait la présence d'un corps chaud féminin allongé à côté de lui. Bien sûr, cette femme aurait pu être une autre que Tita, mais le parfum qui émanait d'elle la trahissait. Ce n'était pas seulement le produit cosmétique, en soi déjà inhabituel, c'était l'ensemble des odeurs qui la caractérisaient. Même si l'esprit engourdi d'Otto ne distinguait plus les êtres ni les choses, son corps, lui, ne se trompait pas ; Tita était là. Cette femme étonnante et magnifique était entrée dans sa vie avec une assurance et un naturel qui ne laissait que peu de place à l'équivoque. Elle l'avait subjugué dès le premier instant. Il admirait sa vivacité et son intelligence. Elle avait accepté de le suivre, du moins pour le moment, mais depuis rien n'avait paru remettre cette décision en question. Quels sentiments avait-elle pour lui ? Il était sans doute trop tôt pour répondre à cette question ; cependant, il s'interrogeait vaguement, dans la torpeur du sommeil, sur les liens qui les unissaient. Mais, finalement, avait-il besoin d'analyser cela maintenant alors qu'il suffisait d'apprécier les moments qu'ils vivaient ensemble.

Non, certes. Il tendit la main vers elle, sa main se posa sur l'intérieur de sa cuisse, là où la chair est la plus tendre ; Tita ne bougea pas. Otto se détendit. Une impression d'abandon l'envahit et il se laissa sombrer dans une délicieuse inconscience.

La journée était bien avancée lorsque Otto se réveilla tiraillé par la faim. Il s'assit dans le lit, hébété et affamé. Il regarda autour de lui avec une certaine inquiétude, Tita n'était plus là, mais il identifiait une odeur de café, légère et impalpable, qui flottait dans la chambre. Il perçut aussi un frottement de pieds venant du couloir. Tita apparut dans l'embrasure de la porte. Elle tenait devant elle un plateau sur lequel il y avait deux tasses fumantes et des tranches de pain grillé dans une assiette.

— Ah ! enfin, le dormeur émerge du coma, dit-elle d'une voix joyeuse. Regarde la belle journée que nous avons !

Otto regarda la lumière qui envahissait la chambre d'une façon qu'il jugeait incongrue. C'était un éblouissement qui blessait ses yeux sensibles encore pleins de sommeil. L'air aussi lui parut différent, plus transparent. Un changement radical avec la pénombre humide à laquelle il était habitué.

— Magnifique, murmura-t-il sans conviction.

Il détourna vite son esprit de ces détails mineurs pour revenir à sa préoccupation première : l'inconfort de la faim. Tita venait de poser le plateau sur la table de nuit. En se redressant, ses seins soulevèrent le maillot qui ne lui arrivait qu'au nombril, sur la peau blanche de son ventre le petit triangle noir de son sexe apparut avec une netteté étonnante. Otto l'attrapa par la taille et l'attira à lui. Elle se laissa basculer sur le lit. Il se pencha sur elle et enfouit ses mains sous le vêtement pour saisir ses seins. Tita gisait les jambes pendantes au bord du lit, le corps découvert, abandonnée et offerte. Otto approcha sa bouche de son ventre. Elle tressaillit légèrement. Il embrassa son sexe doucement en enfonçant sa langue entre les lèvres. Tita ferma les yeux en poussant un faible gémissement. Otto aimait le contact de cette peau avec sa bouche, le goût de cette humeur tiède et ce parfum intime de femme baigner son visage. Cela le plongeait dans un état second, qui excluait tout, où il oubliait tout, sa faim et le café qui refroidissait dans les tasses.

Dans l'après-midi, ils sortirent. Transformée, la rue baignait dans une atmosphère en accord avec la saison estivale. Une lumière intense, dont la source restait invisible au delà de la brume, descendait sur la ville et en révélait des aspects qui habituellement passaient inaperçus. Les murs qui en temps normal paraissaient lisses et homogènes sous la couche d'eau luisante des pluies, exhibaient des aspérités dans le contraste des ombres et de la clarté. La ville était desséchée, crevassée, aride et blanchie. Seuls les îlots de verdure des parcs et des arbres lui donnaient une certaine fraîcheur. Cette transformation était arrivée soudainement avec le changement de saison. Une ambiance nouvelle s'était installée avec la légèreté et l'insouciance des beaux jours et toute la ville agissait comme si cela devait durer toujours.

Tita proposa qu'ils aillent au restaurant de leur premier rendez-vous. C'était une idée romantique qui apparut amusante à Otto. Ils remontèrent la rue en direction de l'établissement. L'auvent bordeaux qui abritait la terrasse avait changé de couleur sous la lumière et tirait sur le rose antique. Une seule des tables était occupée par un homme qui lisait un journal devant une tasse de café. La rue était paisible même si les sons, d'habitude étouffés, étaient devenus plus vifs, mais ils n'entendaient que les cris aigrelets d'oiseaux indolents qui planaient haut dans le ciel. Ils commandèrent à manger et une bouteille de vin. Otto prit les mains de Tita dans les siennes, son regard tomba sur le bandage beige qu'il caressa du bout des doigts à l'endroit de la coupure.

— Ça ne fait presque plus mal, dit-elle avec un joli sourire. Dans quelques jours, ce sera assez guéri pour que j'enlève ce pansement.

— Et maintenant, à quoi devons-nous nous attendre de la part de ces hommes ? demanda-t-il en plongeant son regard dans celui de la jeune femme.

— C'est difficile à dire, répondit Tita. Je ne connais pas ces hommes ni leurs façons de procéder, bien que j'en aie eu un aperçu. Je suppose que ces trois-là avaient été envoyés pour accomplir une mission bien précise. Leur disparition va certainement provoquer une réaction. Peut-être que d'autres viendront.

Elle avait été éprouvée par son aventure de la veille et elle cherchait à se rassurer. Sous l'effet du stress, elle s'exprimait en accordant une attention accrue à sa diction. Cette recherche de la perfection était chez elle une forme de protection dont la logique semblait être : si je suis parfaite, rien ne peut m'arriver. Otto avait bien observé cela et il méditait parfois sur la valeur de cette proposition.

— Y a-t-il déjà eu de tels cas avant ? Je veux dire des cas où Hernyo n'a pas obtenu ce qu'il voulait ?

Tita réfléchit quelques instants.

— Toutes ses actions sont habituellement bien menées, reprit-elle. Tout est prévu. Chaque geste posé s'enchaîne dans un ensemble qui se déroule en un flux continu et, d'une façon ou d'une autre, il arrive à ses fins. Du moins jusqu'à maintenant…

Elle laissa sa phrase en suspens. Oui, pensa Otto, jusqu'à aujourd'hui… Voilà une affirmation lourde de conséquences et de possibilités qu'il évaluait difficilement. Ils convinrent tous les deux qu'ils étaient dans une situation d'attente et que la meilleure chose à faire était de rester vigilants.

La journée tirait à sa fin et le ciel s'enveloppait d'une lumière rouge. L'air fut rafraîchi par une légère averse qui ne dura que quelques minutes. Ils rentrèrent en faisant un grand détour de façon à transformer leur trajet en promenade. Lorsqu'ils arrivèrent, il était très tard. Le ciel était clair et la ville s'endormit dans la chaleur nocturne.

XVII

Très tard cette nuit-là, Hernyo apparut à la terrasse au sommet de son édifice. Il s'avança près du parapet tel une chauve-souris prête à se jeter dans le vide et il contempla sans émotion la masse sombre des bâtiments à ses pieds, assoupie sous la lumière blafarde semblable à un vaste cloaque ou une décharge immonde qu'il voulait faire disparaître pour que puisse renaître à cet endroit la ville qu'il aimait, la ville telle qu'il la concevait, sa ville. Les hommes qu'il avait envoyés dans des missions qu'il considérait pacifiques, avaient échoués. Alors, il était temps, pensa-t-il, de passer à un niveau d'argumentation supérieur. Cela faisait partie d'une dialectique qu'il ne connaissait que trop bien et il savait comment devenir très convaincant. Derrière lui, Igon attendait. La lumière parcimonieuse éclairait son crâne lisse et blanc, le rendant visible en contraste avec le volume sombre de son corps imposant vêtu de noir. Aux quatre coins de la terrasse, de minces tiges métalliques portaient à leurs extrémités des lampes rouges qui indiquaient les limites supérieures du bâtiment. Elles s'entouraient dans la brume, stagnant en fines nappes à cette hauteur, de reflets rougeâtres qui jetaient sur les objets alentour une lueur sanguine. C'est sous cet éclairage bicolore qu'émergeait de l'ombre le trébuchet, sa structure de bois clair illuminée par la clarté lunaire. Son contrepoids était levé haut dans les airs et dans la nacelle un agglomérat de maçonnerie était déjà placé.

C'était à Igon que revenait la tâche de manipuler la redoutable machine. Il l'avait orienté vers la cible qui lui avait été désignée, cette partie de la ville que le rare éclairage public rendait obscure et qui, par conséquent, se démarquait nettement du reste du tissu urbain brillant qui l'entourait. Hernyo considéra une dernière fois cet espace sombre où, il le savait, des gens dormaient, se croyant en sécurité chez eux derrière leurs murs. Mais, même si le quartier était visé en général, il était impossible de savoir où exactement frapperaient les projectiles ; c'était une question de hasard, de ce fait Hernyo ne se sentait nullement responsable de fatalités éventuelles. C'était une question de justice. Pour être juste, il ne fallait faire aucune discrimination, il fallait tirer et peut-être tuer sans discrimination. C'était là, pensa Hernyo, la plus grande justice qui soit. C'est donc sans arrière-pensée qu'il fit un signe à Igon. Celui-ci leva la hache qu'il tenait à la main et trancha la corde qui retenait le contrepoids. Un grincement puissant parcourut la terrasse. La masse du contrepoids s'abattit vers le sol, propulsant le projectile dans la nuit. Le trébuchet oscilla sur son axe en émettant des bruits de grognement. Puis, lorsque le contrepoids s'immobilisa, un silence lourd enveloppa la plate-forme. Hernyo regardait toujours devant lui et attendait. Il ne pouvait suivre le projectile des yeux dans l'obscurité mais il tentait d'en évaluer le parcours. De la hauteur où ils étaient et l'angle d'éjection par rapport à l'horizontale, le projectile parviendrait à une hauteur considérable avant de redescendre vers le sol. Il chuterait ensuite en accélérant constamment pour atteindre une vitesse vertigineuse à l'impact et, pour parcourir ce trajet, il lui faudrait sans doute quelques dizaines de secondes. Hernyo savait également qu'il n'entendrait probablement pas le bruit que ferait le projectile en s'écrasant, mais il y aurait d'autres signes et c'est ceux-là qu'il guettait. Sa patience fut récompensée. Dans la zone d'ombre à ses pieds, il vit des lumières s'allumer autour d'un point précis ; des scintillements dont l'ensemble formait une surface claire circulaire comme un disque autour d'un point noir. L'agitation qui régnait là était palpable même à cette distance. Certaines des lueurs paraissaient mobiles, sans doute des lampes que portaient des gens.

Pendant que Hernyo regardait avec satisfaction ce spectacle étonnant et silencieux d'un autre monde, Igon avait déjà entrepris de changer la position de la machine, une pivotation d'à peine quelques degrés qu'il effectua à l'aide d'un levier. Puis il éleva de nouveau le contrepoids dans les airs en manipulant un treuil autour duquel s'enroulait la corde qui retenait la lourde charge. Il travaillait lentement mais chacun de ses gestes exprimait un contrôle parfait de la force et de la précision. Hernyo n'avait pas bougé d'un millimètre, seuls ses vêtements frémissaient sous l'effet d'un vent léger qui ratissait la nuit, ses yeux ronds aux pupilles dilatées continuaient de fixer la cible. Igon chargea la nacelle du trébuchet en y faisant rouler un bloc de béton taillé en une sphère grossière. Une fois sa besogne terminée, il se redressa, saisit la hache et attendit. La main de Hernyo se leva et s'abattit aussitôt dans un geste sec articulé autour du coude, sans s'étendre au reste du corps, comme si son avant-bras était la seule partie mobile de son anatomie. À ce signal répondit le bruit estompé de la corde coupée et presque aussitôt le grincement sinistre de la machine s'éleva dans l'air. La carcasse de bois vibra et transmit son mouvement à la terrasse qui l'amplifia dans un long tressaillement. La sphère de béton s'envola vers le ciel pour disparaître rapidement dans l'obscurité, comme absorbée par un trou noir. De nouveau l'apparition d'un anneau de lumière indiqua l'arrivée du projectile au sol ; on aurait dit une mince pellicule recouvrant le quartier et qui devenait iridescente autour de chaque point d'impact. Hernyo admirait avec ravissement la sinistre beauté de son œuvre. Cependant, au bout du septième tir, il cessa l'opération. Il ne savait au juste pourquoi, mais il avait la soudaine conviction qu'il ne devait pas en faire trop. Il mettait cette hésitation sur le compte de l'instinct, un instinct avisé qui lui tenait de sagesse. Cet instinct était d'ailleurs le trait de caractère le plus distinctif qui lui venait de sa famille. Cette famille qui, aussi loin qu'il pouvait se souvenir, avait connu des fortunes diverses la contraignant à partir souvent à la recherche de cieux plus cléments. Ainsi, les Hernyo avaient appris rapidement à s'adapter à des lieux nouveaux et à traiter avec des cultures différentes, mais en même temps, à distiller cet instinct de conservation qui leur semblait être la valeur la plus sûre de prospérer tout en préservant leur identité. De ce fait même, ils restaient toujours différents des populations qu'ils côtoyaient. Leur destin était une existence nomade qui ressemblait à s'y méprendre à une fuite perpétuelle.

Viktor K. Hernyo était né dans cette ville où sa famille s'était installée de façon provisoire. Il eut d'ailleurs toute sa jeunesse l'impression de vivre dans un monde provisoire où tout pouvait changer soudain et où il fallait toujours être prêt à partir pour ailleurs. C'est ainsi que s'était développé chez lui ce besoin de pérennité, d'attachement et d'identification à un lieu précis. Il s'était donc attaché à cette ville où il avait grandi, où il voulait rester et qu'il allait façonner à son image. De l'histoire de sa famille, il avait retenu qu'il fallait respecter les règles pour savoir les enfreindre au moment opportun. Savoir aller « trop loin » avec tact et discrétion. Cela relevait du génie stratégique et de la haute diplomatie. Voilà pourquoi il suspendit les tirs. Son but n'était pas de raser le quartier mais seulement de l'endommager suffisamment pour que ses habitants n'aient plus envie d'y vivre. Le temps était de son côté. Il devait maintenant attendre.

À ses pieds, dans l'aire obscure du quartier, les lampes scintillaient comme d'insignifiantes lucioles en faisant cercle autour de sept points noirs, puits insondables s'ouvrant sur une dimension inconnue.

XVIII

Tita se réveilla en sursaut et se dressa d'un coup dans le lit. Elle ne parvenait pas à identifier ce qui l'avait tirée du sommeil. Elle se souvint d'un bruit fort, une sorte de grondement, et d'une secousse, c'était peut-être un tremblement de terre. Le calme était revenu, il n'y avait autour d'elle que l'obscurité et le silence. Otto aussi avait dû sentir le choc, mais il se contenta de se tourner et de continuer à dormir. Sous le coup de la frayeur, les yeux de Tita s'étaient ouverts tout grand et les traces du sommeil en avaient disparu. Son cœur battait fort, peut-être sans raison. Pour tenter de se calmer, elle essaya de se concentrer sur une pensée agréable. La respiration d'Otto était paisible et rassurante. Elle lui enviait son insouciance et cette assurance qui émanait de lui, même quand il dormait. Elle savait qu'elle l'aimait puisqu'elle se sentait si bien ici avec lui. Elle s'était installée dans cette nouvelle vie sans se poser de questions, c'était un processus naturel, presque inconscient. Mais, là, dans l'obscurité, des questions surgissaient dans son esprit malgré elle. Elle pensa que c'était dû à la nuit, car c'était la nuit qu'elle se sentait vulnérable, la nuit où, privée de sommeil, elle attendait et où toutes les peurs se manifestaient. C'était la nuit qu'elle était hantée par les sortilèges des réalités déformées et des inquiétudes qui prenaient dans son esprit une place démesurée. Elle avait beau chercher une image optimiste, toutes les pistes menaient à des idées sombres. Assise dans le lit, elle scrutait l'ombre opaque et sans dimension. Elle était désespérément seule. Son corps se raidit, elle enlaça ses jambes de ses bras dans un geste de soumission ou d'impuissance. Le dos courbé, les seins écrasés contre ses genoux, elle ferma les yeux et tenta de s'imaginer chez elle, dans son appartement au-dessus de la ville, à l'abri. Oui, dans cet endroit rien ne pouvait lui arriver ; là, elle se croyait protégée, mais en même temps elle y était maintenant étrangère. Elle comprenait que sa vie s'était enrichie d'une dimension nouvelle sans laquelle elle vivrait désormais difficilement. Tant de changement en si peu de temps. Mais, depuis combien de temps était-elle ici avec Otto ? Combien de semaines ? Elle se sentait divisée et nostalgique. Elle comprenait que si elle retournait là-bas, elle éprouverait l'envie d'être ici. Finalement, elle pensa que son malaise était dû à une distorsion de sa perception causée sans doute par ce sentiment de solitude qu'engendrait la nuit, ce désert insolite qu'on ne franchissait que dans le sommeil. Elle se recoucha doucement. Elle constata qu'un certain calme était revenu en elle et elle se détendit. Bientôt son esprit s'engourdit relâchant sa prise sur les idées qui désormais s'entremêlaient dans une suite continue d'images et se transformaient en rêves.

Lorsque dans la matinée Tita et Otto sortirent dans la rue, ils constatèrent un changement d'atmosphère par rapport à la veille. Les gens étaient plus nombreux et ils semblaient moins nonchalants. Une certaine agitation flottait dans l'air et le parcourait tel un flux électrique. À une centaine de mètres de l'entrée de l'immeuble, ils virent un attroupement en demi-cercle qui occupait la largeur de la chaussée. En s'approchant, ils aperçurent un tas de débris de matériaux de construction amoncelé sur le trottoir. Entre les hommes qui se tenaient là, ils voyaient au milieu des gravats de la vaisselle cassée, des lambeaux de vêtements et des objets utilitaires éparpillés dont la présence en plein air donnait à la scène un côté insolite. Certains hommes étaient couverts de poussière, d'autres tenaient encore à la main des lampes qui laissaient deviner qu'ils étaient là depuis la nuit. À l'approche d'Otto et de Tita, ils s'écartèrent. Otto tenta d'évaluer la situation. La façade de l'immeuble était effondrée. Un trou cylindrique parcourait le bâtiment de part en part, exposant les étages et leur contenu avec la netteté d'un dessin d'architecture. C'était une belle coupe nette et propre si on faisait abstraction des résidus qui jonchaient le sol, et réaliste aussi avec les occupants à chaque étage, debout et ahuris au bord de ce précipice. Otto ne conclut rien de son bref examen, il choisit de s'informer.

— Que s'est-il passé ? demanda-t-il à un homme près de lui dont le visage couvert de poussière et strié de sueur ressemblait à un masque.

Sans même le regarder, l'homme lui répondit :

— On ne sait pas. Il y a eu une forte secousse et un grondement. Tout est arrivé très vite. Je dormais au deuxième du côté de la cour. Il y avait des gens là-dessous, ajouta-t-il avec émotion.

C'est à ce moment qu'Otto remarqua les pelles et les pioches appuyées contre des blocs de maçonnerie. Le travail de ces hommes durait depuis six ou sept heures et tous étaient épuisés. Ils habitaient à proximité du lieu de la catastrophe et ils se sentaient directement concernés, mais personne ne comprenait ce qui était arrivé au juste. Là où avait été la porte d'entrée, la demi-tête gigantesque d'un atlante gisait dans la poussière en jetant sur le monde, de son œil unique, un regard étonné et perplexe. Otto regarda Tita d'un air interrogateur, mais elle ne semblait pas comprendre davantage ; médusée, elle contemplait l'étendue du désastre. Une vieille femme remontait la rue et s'agglutina au groupe de gens.

— Ah ! un autre trou ! s'exclama-t-elle. Ça par exemple !

— Vous en avez vu d'autres ? demanda Otto, surpris et inquiet.

— Ah ! ça oui ! Rien que dans cette rue, il y en a deux autres. Un dans une cour intérieure et qui n'a pas fait trop de dégâts. Et un autre dans l'immeuble qui abrite le magasin au coin du parc. Et d'autres encore le long du boulevard, à ce que j'ai entendu.

Un murmure de surprise et d'indignation s'éleva du groupe. Certains accusaient les autorités publiques d'avoir permis le creusage de tunnels du métro, ce qui avait fini, avec le temps, par miner le sous-sol de la ville et ainsi affaiblir les fondations des immeubles dont la construction remontait à des temps très anciens. D'autres abondaient aussi dans le sens de l'affaiblissement des structures souterraines, mais selon eux cette catastrophe était attribuable aux pluies qui affligeaient la ville de façon quasi quotidienne, un phénomène relativement nouveau qui était apparu avec la modernisation et l'accroissement de la masse urbaine.

Otto décida d'aller examiner ces trous dont avait parlé la vieille. Tita aussi, curieuse, voulait en savoir plus et ensemble ils descendirent la rue vers les endroits indiqués. Près de chaque site, ils pouvaient voir des gens aller et venir nerveusement de sorte qu'ils purent identifier facilement chaque nouvel affaissement. En arrivant près du magasin, ils virent les vitrines éclatées et une profusion d'objets de toutes sortes éparpillés sur la chaussée, certains intacts, d'autres déchiquetés, mélangés aux débris poussiéreux. C'était une scène très semblable à celle de l'immeuble qu'ils venaient de quitter, mais les dégâts étaient plus considérables. Ce bâtiment avait trois étages de plus et le trou qui le traversait de part en part était apparu en son milieu. Une vaste ouverture circulaire, là encore proprement découpée, avec un cratère dont le fond était jonché de gravats. Cela ressemblait à un affaissement. Mais un affaissement de quoi ? s'interrogea Otto. Il n'y avait aucun signe d'effondrement de cavité souterraine sous le bâtiment. Quelques personnes s'affairaient parmi les débris, tentant de récupérer des objets intacts. Personne ne savait là non plus ce qui s'était passé. Un grondement, une secousse, une explosion, voilà les seules descriptions qu'ils purent recueillir.

Lorsqu'ils arrivèrent au trou de la cour intérieure, le spectacle était différent. Contrairement aux autres sites, ici il n'y avait personne, par manque d'intérêt sans doute puisque rien n'avait été démoli. La cour était un grand rectangle herbeux délimité de tous côtés par les murs de deux immeubles. On entrait et sortait de la cour par deux ruelles s'ouvrant dans les côtés opposés. Presque au centre de cet espace béait une dépression ronde, profonde de cinquante centimètres, elle aussi remplie de morceaux de maçonnerie. Voilà qui est singulier, pensa Otto, puisque le sol ici n'était couvert que de pelouse. D'où viennent ces gravats ? Tita était arrivée à la même conclusion. Elle descendit dans la dépression et examina les débris.

— Est-ce qu'il y avait une construction ici ? demanda-t-elle en se redressant avec un morceau de béton dans la main, duquel dépassait une courte tige de fer.

— Je ne crois pas, répondit Otto en descendant à son tour dans l'enfoncement. Si cela avait été le cas, elle aurait été en briques et non pas en béton, encore moins en béton armé.

— Dans ce cas, cette masse est tombée du ciel.

— Voilà une hypothèse intéressante, admit Otto en levant les yeux vers le haut des murs rouges qui se découpaient avec netteté sur le fond de nuages gris.

À part cette délimitation, rien d'autre n'était visible et rien n'indiquait non plus qu'il manquât des morceaux aux murs qui les entouraient. Otto conclut que ces gravats ne pouvaient qu'être tombés du ciel.

Ils examinèrent les autres sites et trouvèrent partout les mêmes caractéristiques, c'est-à-dire la présence de débris de matériaux de construction n'appartenant pas à ces lieux. Otto plaça chaque trou sur une carte du quartier et il constata qu'ils étaient situés sur un arc de cercle. Par triangulation, il traça le cercle complet dont le centre était occupé par l'édifice Hernyo. Tout comme Otto, Tita trouva ce résultat surprenant. Elle ne se souvenait pourtant de rien de tel dans les méthodes de persuasion de Viktor K. Son style était plutôt d'acheter ou d'exproprier et de démolir ensuite par des méthodes conventionnelles : boule et bulldozer. Par contre, elle avait remarqué près des sites, des hommes vêtus de costumes sombres, ceux-là elle ne les connaissait que trop bien. Ils tentaient de se mêler aux badauds qui se pressaient près des trous et lançaient des déclarations à haute voix pour être bien entendus de tous. « Qu'est-ce qu'on attend pour démolir ces vieilles bicoques. Elles s'effondrent toutes seules », disait l'un. « Ces édifices sont insalubres. Il faudrait les remplacer par des logements neufs », disait un autre. « Combien faudra-t-il de victimes avant que les autorités n'interviennent. Il faut raser tout ça pour faire place à la ville moderne », disait un troisième. Ces manœuvres n'avaient pas échappé à Otto non plus. Il voyait bien ces hommes qui apparaissaient par contraste de la population locale de façon très évidente. Il s'interrogeait également sur les motifs de Hernyo. Ses hommes se promenaient en plein jour et en nombre dans les rues du quartier sans même essayer de se dissimuler. Quelle assurance ! Ses yeux se posèrent de nouveau sur la carte et il eut une illumination. Son regard passa de l'édifice aux trous et le lien lui apparut soudain : il s'agissait de trous d'impacts, c'était un bombardement ! Et ces hommes qui envahissaient les rues étaient une première vague d'occupation dont le travail était sans doute d'évaluer la portée de l'opération, de créer de l'agitation et de prendre position de façon stratégique pour un coup de main probablement imminent. Étant donné les démêlés qu'ils avaient eus avec eux, Otto pensa qu'il valait mieux ne pas se faire remarquer et de rentrer à l'appartement le plus discrètement possible. Après, ils décideraient de ce qu'ils devaient faire. Il saisit la main de Tita.

— Viens, nous devons partir, dit-il en la tirant derrière lui.

— Non, attends. Qu'est-ce qu'il y a ? Où allons-nous ? Arrête, tu me fais mal, protesta-t-elle.

— Il faut rentrer. Je t'expliquerai. Nous ne devons pas nous faire voir.

Tita comprit le danger et elle suivit Otto. Ils se détachèrent du groupe de gens près d'eux qui s'affairait à déblayer une façade effondrée. Ils longèrent le mur en ruine et se coulèrent dans la brèche pour disparaître dans l'ombre à l'intérieur du bâtiment éventré. Des hommes en costumes sombres, postés çà et là, surveillaient le site. Ils promenaient leurs regards acérés sur la population besogneuse, debout comme des sentinelles au-dessus des ruines. Gardiens ou prédateurs, ils observaient le troupeau résigné, absorbé dans une inutile agitation.

Otto et Tita traversèrent tout d'abord une chambre de l'appartement du rez-de-chaussée dont le mur extérieur manquait ; là, la vie s'était arrêtée net, des objets épars avaient été abandonnés précipitamment par des occupants disparus. La porte donnant sur le couloir était ouverte et ils entrèrent dans ce passage qui permettait d'accéder à l'escalier. Il y faisait sombre, la lumière du jour ne parvenait pas aussi loin. Ils avancèrent dans l'obscurité à tâtons jusqu'à la rampe de l'escalier. Otto connaissait les lieux et guidait Tita. Un silence lourd et inhabituel les enveloppait. Ils descendirent d'un étage dans les caves. Otto se souvenait que les caves de ces immeubles communiquaient, c'était l'héritage d'un passé plus ancien où des groupes vivant dans la clandestinité avaient aménagé ces lieux pour se déplacer plus aisément dans la ville et pouvoir fuir au besoin. L'immeuble d'Otto était situé du même côté, le cinquième de celui où ils se trouvaient. Les caves étaient vastes et s'étendaient à l'extérieur de l'espace qu'occupait le bâtiment en surface, elles s'avançaient ainsi sous la rue et sous la cour intérieure. L'obscurité des lieux était absolue, c'était un mur impénétrable qui les entourait de tous côtés, un mur sans consistance, souple mais qui menaçait de les engloutir. Otto tira de sa poche une boîte d'allumettes et il fit surgir entre ses doigts une minuscule clarté qui révélait davantage leur isolement au milieu d'un grand espace vide. Il ramassa un morceau de bois et des chiffons, ce qui lui permit de confectionner une torche. Avec cet éclairage rudimentaire, ils avancèrent avec plus de sûreté. Ils traversèrent quelques salles jonchées près des murs de tas d'objets hétéroclites, de vieux détritus couverts de poussière, d'autres plus récents, telles des bouteilles cassées et des boîtes de conserve vides qui témoignaient d'une présence humaine plus récente. Un matelas crasseux et déformé, encombré de couvertures, était placé dans un coin et paraissait encore servir de couche à quelqu'un. Ils arrivèrent enfin dans la dernière salle dont le mur du fond, mitoyen avec l'immeuble suivant, semblait n'avoir aucune ouverture. En scrutant la surface de briques, Otto identifia une porte de fer carrée, haute d'un mètre à l'angle du mur à leur gauche, et qui avait été l'ouverture d'une chute à charbon. Elle était fermée et ne présentait aucune prise. Il réussit néanmoins à introduire la lame de son couteau dans la rainure entre le panneau et le chambranle, et la porte rouillée s'ouvrit avec un grincement. De l'autre côté, la cave paraissait se prolonger dans le même état de délabrement. En traversant l'enfilade des vastes salles éclairées par la lumière parcimonieuse provenant de soupiraux à moitié obturés, dans le silence et la fraîcheur souterraine, ils avaient l'impression de parcourir un monde mort, incolore et figé, l'envers du monde de la surface. Ces caves étaient les racines obstinées, aveugles et éternelles de la ville frivole qui s'envolait vers le ciel dans un hérissement de constructions. Ces espaces souterrains se prolongeaient d'un immeuble à l'autre, formant une seule grotte immense et profonde. Parfois une salle était plus propre que les autres, là en général étaient entreposés des caisses, des vieux meubles ou des machines désuètes ; ces endroits étaient plus fréquentés. Otto avait compté le nombre de portes franchies et il sut qu'ils étaient arrivés chez lui. Il remontèrent vers les étages supérieurs. L'escalier tournait au niveau du rez-de-chaussée et débouchait sur le hall d'entrée. De l'autre côté des portes vitrées, ils virent à contre-jour une silhouette immobile qui paraissait attendre ou garder cet unique accès à la rue. Ils montèrent en silence. Dans l'appartement, tout était calme et familier, personne n'était entré pendant leur absence, ce lieu leur apparut sûr. Otto avait d'autres endroits où ils auraient pu se réfugier en cas de besoin, la pièce derrière la piscine par exemple, mais pour le moment ils pouvaient rester ici. Tita se laissa choir sur le canapé du salon, Otto s'assit à côté d'elle, tendu et préoccupé.

— Ils sont partout, dit-il avec lassitude. C'est une véritable invasion.

— Que comptes-tu faire ?

— Ces hommes sont prêts à tout. Si nous les laissons faire, ils nous chasseront pour raser le quartier. Nous devons chercher de l'aide et organiser une défense.

Tita écoutait en proie à un malaise grandissant. Ce même malaise qu'elle avait ressenti dans la nuit et qui était apparu aussi après son agression. Elle avait éprouvé tout d'abord un sentiment de vexation ou de déception, elle parvenait difficilement à le cerner, un sentiment larvaire, insignifiant, qui évoluait avec une lenteur d'escargot, mais qui faisait son chemin inexorablement. Et elle était soudain confrontée à la contradiction de sa situation. Ces hommes travaillaient pour son père et ce qu'ils faisaient était sans aucun doute méprisable. Que devait-elle penser maintenant ? Elle lui devait tout, tout ce qu'elle était et la vie privilégiée qu'elle avait connue jusque-là. L'image de cet homme, qui avait veillé sur sa jeune vie, était désormais ternie par cet autre aspect de la réalité qui le concernait, mais qui la concernait elle aussi, ainsi que Otto et les habitants de la ville. Elle comprenait le prix de la puissance de Viktor K. et le prix de son existence à elle. Tout émanait de sa volonté brute et opiniâtre qui s'exprimait par une violence aveugle dont elle-même était la victime. Devant elle se déployait, dans son ampleur et son horreur, une machination implacable. Au-delà de son indignation, elle devait prendre position. Mais elle se rendit compte aussitôt que cette étape aussi avait été franchie ; du simple fait de sa situation actuelle,

elle avait déjà fait un choix, tacite, immanent, mais irréversible. Tout en tentant de concilier ses sentiments et ses convictions, elle écoutait Otto parler de ses amis sur lesquels il pouvait toujours compter, de la nécessité de la lutte et de stratégie. Il était urgent d'agir, disait-il. Ils iraient les rencontrer aujourd'hui même, mais ils devaient attendre la nuit pour sortir.

Dans la tête de Tita, les idées se télescopaient sous l'effet de toutes ces informations nouvelles et de cet état de quasi-clandestinité dans lequel elle se trouvait déjà. Tout ce qui avait guidé sa vie jusqu'à maintenant paraissait être remis en question. Elle avait l'impression de se réveiller, sous l'effet d'un choc, à une réalité qu'il y a peu de temps elle n'aurait pu soupçonner.

Otto s'était calmé. Il était toujours près d'elle, mais lui aussi était plongé dans ses pensées. Tita se leva pour s'approcher des grandes fenêtres du salon.
Dehors, l'obscurité envahissait les rues. Une pluie fine caressait la ville.

XIX

Lorsqu'ils traversèrent la hall d'entrée pour s'approcher des portes, ils aperçurent des ombres qui allaient et venaient à l'extérieur. Deux hommes étaient postés là, ils montaient la garde ou attendaient quelque chose. Otto proposa qu'ils sortent séparément pour ne pas attirer l'attention ; il passerait en premier. Il s'avança résolument mais en prenant un air naturel vers les portes vitrées. Une fois celles-ci franchies, il tenta de localiser du coin de l'œil les deux hommes, mais il ne les vit pas, ils avaient disparu. Il s'arrêta un instant sur le trottoir comme un promeneur qui hésite sur la direction à prendre. Partout où il regardait, il ne voyait que la rue luisante mouillée de pluie, reflétant les lumières lointaines. Devant lui, le tronc noirci d'un arbre faisait un trait sombre vertical panaché par une masse verte éclatée en bouquet. Et il ne vit rien d'autre car soudain une douleur à la base de son crâne le fit basculer dans un trou noir. Lorsqu'il rouvrit les yeux, le monde paraissait avoir été renversé sur le côté. Perpendiculairement à son visage, il voyait deux chaussures tournées dans sa direction. Une de ses joues baignait dans une flaque d'eau alors que sur l'autre tombaient des gouttes de pluie. Il constata aussitôt qu'il ne pouvait pas bouger et que ses mains étaient jointes dans son dos de façon inconfortable et plutôt douloureuse. Il se tortilla pour pouvoir tourner la tête et essayer de voir devant qui il était ainsi allongé. Les chaussures étaient surmontées de deux jambières de pantalon qui appartenaient à un ensemble noir, assez élégant, quoique défraîchi et imbibé de pluie. Tout en haut, le visage impassible d'un homme sans âge le regardait avec indifférence comme un fagot de bois qu'il aurait transporté et jeté là avec lassitude. Otto sut aussitôt à qui il avait affaire. Mais ils auraient dû être deux ; l'autre s'était soit absenté ou il était hors de vue. Il se demandait ce qu'ils avaient l'intention de faire de lui. Il ressentit un coup dans son dos et le deuxième homme tomba en travers de lui, ses pieds avaient butté contre son corps étendu sur le sol, mais au lieu de se relever, il resta là allongé, inerte. L'homme en face eut à peine le temps de lever les yeux, il s'effondra à son tour dans un bruit d'eau éclaboussée, le visage en sang. Tout resta immobile pendant une longue minute. Puis Tita apparut dans son champ de vision. Elle s'accroupit en souriant, dans une main elle tenait une chaîne qui en touchant le sol émit un son de ferraille.

— Alors, on paresse, dit-elle en laissant échapper un petit rire moqueur.

Pendant qu'elle le détachait, Otto pensa que Tita était une fille formidable et qu'elle était une source inépuisable d'étonnement. Une fois libre, il se redressa, la prit dans ses bras et l'embrassa avec passion.

— Que deviendrais-je sans toi ? murmura-t-il ironiquement.

— Un saucisson bien ficelé ! lança-t-elle en riant.

Elle enroula la chaîne et l'accrocha à sa ceinture comme le faisait Otto, montrant ainsi qu'elle savait manipuler cette arme redoutable. Ils abandonnèrent à leur sort les deux hommes inconscients étendus sur le sol et ils s'engagèrent dans la rue qui descendait vers les quais bordant le fleuve.

Le fleuve traversait la ville et la séparait en deux parties presque égales. Les quartiers les plus anciens s'étendaient sur ses rives et c'est de là que la ville avait commencé à se développer. Plus ils progressaient dans cette direction, plus les immeubles qui bordaient la rue apparaissaient délabrés, certains en ruine, d'autres effondrés, exhibant entre des pans de murs percés de fenêtres vides des monceaux informes de gravats. Au fur et à mesure qu'ils se rapprochaient du fleuve, ils avaient l'impression d'entrer dans un marécage. Le niveau des rues était plus bas ici et le ruissellement de l'eau qui venait des autres quartiers avait imbibé le sol devenu spongieux. À certains endroits, les pavés semblaient flotter, de grandes flaques d'eau couvraient des sections entières de rue ; l'eau suivait toutes les pentes, longeait les murs et les trottoirs en dessinant des faisceaux de ruisseaux aux ramifications infinies. Ici et là des résurgences jaillissaient au milieu de la chaussée comme des sources, laissant deviner le passage de rivières souterraines qui marbraient le sous-sol de la ville, tel un réseau sanguin invisible.

Tita n'était jamais venue dans cet endroit, bien qu'elle connût son existence, mais des hauteurs où elle vivait, elle n'avait pu qu'entrevoir dans la brume lointaine le fouillis de ces constructions déliquescentes quadrillé par l'entrelac inextricable des vieilles rues. Ici, ce n'étaient que ruelles, venelles et culs-de-sac, avec chaque voie, chaque passage suivant son tracé propre et aléatoire. Otto paraissait connaître les lieux et il se dirigeait d'un pas décidé vers un endroit précis.

Tita le suivait avec une curiosité grandissante.

— Qu'est-ce qu'ils font, tes amis ? demanda-t-elle en regardant le sol devant ses pieds pour éviter les flaques d'eau.

— Ils vivent ici, répondit Otto laconiquement.

— Mais encore, insista Tita.

— Eh bien, ils forment une bande, répondit-il avec une certaine réticence, préférant ne pas aborder le sujet.

— Et je suppose que c'est déjà une occupation en soi.

— Oui, en effet. Ils jouent un rôle d'organisation important ici. Sans eux, le quartier ne serait pas le même.

— Alors, quels sont tes relations avec eux ?

— J'ai fait partie de la bande autrefois. Tout a commencé quand nous étions enfants. C'était pour nous une façon d'être ensemble, de trouver notre identité et d'explorer la ville. La bande était comme une famille où on partageait ce qu'on avait et où on trouvait une protection. Puis, des circonstances ont fait que j'ai dû la quitter. J'aurais pu par la suite la réintégrer, mais les choses avaient changé. Moi aussi, j'avais changé. C'est une vieille histoire tout ça. Mes meilleurs amis sont encore là.

Otto revoyait ses jeunes années, il retrouvait l'exaltation de l'aventure des longues nuits dans les rues de la ville avec ses amis. Ce monde nouveau qui s'ouvrait à eux avec ses attraits, ses lieux fascinants, le scintillement de ses richesses, ses modes de vie exotiques et ses dangers aussi. Il revoyait son grand-père, leur vie et les moments douloureux qui suivirent. Non, il ne voulait pas parler de cela à Tita maintenant. Tita le sentit bien et elle ne posa plus de questions.

Ils marchaient depuis un bon moment déjà et ils s'approchaient d'un imposant édifice rectangulaire au toit plat bordé d'une frise et à la façade flanquée d'élégantes colonnes. Tita pensa que cela avait dû être un théâtre autrefois. Elle s'aperçut soudain qu'ils n'étaient plus seuls. De chaque côté de la rue, de jeunes garçons crapahutaient dans les ruines. Ils gravitaient autour de la bande en espérant pouvoir en faire partie. Tita ne les trouva pas menaçants et tenta de les ignorer, ce qui devint plus difficile lorsqu'ils gravirent les marches de l'imposant escalier qui montait vers l'entrée de l'édifice. Les garçons s'étaient attroupés à cet endroit et faisaient haie de chaque côté de leur chemin. Silencieux, admiratifs, ils regardaient passer avec envie ces deux êtres qui leur paraissaient puissants et magnifiques. Quelques-uns tendaient la main vers eux pour les toucher, frôler l'arme à leur ceinture ou effleurer le cuir de leurs vêtements. Eux, par contre, formaient une troupe misérable et hétéroclite, vêtus de vêtements dépareillés et usés, certains étaient armés de bâtons. Les plus vieux devaient avoir une douzaine d'années. En voyant leur nombre, Tita eut une légère appréhension. Otto se contenta de leur adresser un sourire et il continua d'avancer sans leur accorder plus d'attention. Les marches conduisaient à une porte de métal à double battant, d'une hauteur monumentale, aux panneaux ornés de bas-reliefs et aux montants décorés de dessins aux motifs floraux organiques. Un des battants était entrouvert de façon à permettre à une personne de s'introduire à l'intérieur. Ils entrèrent dans un hall

spacieux faiblement éclairé, dont les voûtes du plafond se perdaient dans la pénombre. Devant eux, un
escalier large et imposant s'élevait vers l'étage en se
divisant en deux volutes à partir d'un palier à mi-hau-
teur. L'éclairage venait de lampes en forme de fleurs
disposées sur les rampes. L'étage était sombre et se
fondait déjà dans l'obscurité des hauteurs d'où pendaient, lugubres et inutiles, des chandeliers éteints au
métal noirci. Au rez-de-chaussée, quatre portes donnaient sur ce qui devait être une grande salle d'où leur
parvenait un brouhaha mondain percé de rires et de
cris. Otto eut un sourire de plaisir et il franchit la porte
la plus proche. Tita se coula derrière lui en se demandant ce qu'elle allait trouver. Ils furent soudain absorbés par l'immensité de la salle qui paraissait encore
plus grande du fait qu'elle était vide. C'était la salle
d'un théâtre et ils étaient à l'entrée du parterre comme
deux insectes égarés hésitant devant la vacuité du
grand espace. Les fauteuils avaient été enlevés et il ne
restait de leur passage que des trous dans le sol et
quelques rangées de sièges défraîchis alignées le long
des murs. Sur la scène, une longue table avait été
posée, autour de laquelle une trentaine de personnes
étaient installées. Au pied de la scène, d'autres s'affairaient à faire cuire à vif des morceaux de viande sur un
gril. Les flammes éphémères, au hasard des gouttes de
graisse tombant sur les charbons ardents, projetaient
des ombres dansantes, immenses et fantastiques, sur
les murs. La fumée disparaissait en montant vers le
plafond alors que l'odeur de viande grillée imprégnait
toute l'atmosphère. Au bout de la table, près du fond
de la scène, un homme assis dans une chaise à bras et

dossier haut paraissait présider au repas. Sa peau sombre et son vêtement de cuir noir lui donnaient l'aspect d'une tache d'encre qui se découpait avec netteté sur le fond clair derrière lui.

Otto et Tita s'avancèrent dans la salle. Leur présence fut aussitôt remarquée. Ceux qui se trouvaient plus près d'eux reconnurent Otto et l'accueillirent avec des mots amicaux.

— Hé ! mais c'est Otto !

— Salut vieux, on te croyait mort !

— Tiens ! c'est Otto qui revient !

— Salut les gars, lança Otto à la ronde.

L'homme en noir se leva aussitôt et, quittant son bout de table, sauta de l'estrade pour aller au-devant d'Otto. Il ouvrit les bras en éclatant d'un rire gras et ample. Il avait une peau couleur d'ébène dans laquelle il semblait se sentir immensément bien.

— Otto ! Vieux frère, c'est bien toi !

— Mellow ! Tu as toujours la forme à ce que je vois.

Ils échangèrent une poignée de main virile et se donnèrent mutuellement une bourrade sur l'épaule en riant.

— Mais quelle est cette jolie personne qui t'accompagne ? Est-ce à cause d'elle qu'on ne t'a pas vu depuis un siècle ? reprit l'homme avec un clin d'œil. Sa voix pleine de soleil était prête à s'envoler en rires joyeux.

— Mellow Bilboa…Tita, dit Otto en se pliant aimablement aux règles des présentations.

Tita fut ensuite présentée à tout le monde. Tita, tout simplement, sans insister sur son identité. Pendant qu'Otto et ses amis s'adonnaient aux rites des retrouvailles, Tita resta en retrait, de façon à les observer tous. Ce qu'ils avaient en commun à première vue était leur tenue vestimentaire ; ils portaient des vêtements de cuir solides capables de les protéger des coups. Autrement, ils faisaient un groupe assez disparate. Ils avaient tous l'air athlétique et ils étaient armés, certains ostensiblement avec des chaînes et des matraques, d'autres plus discrètement avec des couteaux glissés dans leur ceinture ou dans leurs bottes. Tita remarqua qu'il y avait aussi des femmes parmi eux, peu nombreuses. Leurs visages juvéniles, leurs corps souples et leurs gestes délicats les trahissaient. Elle surprit le regard d'une de ces filles qui la dévisageait sans discrétion. Elle se tourna franchement dans sa direction et la fille qui tenait le bras de son compagnon se serra contre lui doucement. Elle était grande, mince, avec des cheveux clairs et un visage composite dont on avait l'impression que la partie du haut et la partie du bas appartenaient à deux personnes différentes. Elle ne pouvait être qualifiée de belle mais plutôt de jolie. Tita pensa qu'Otto avait bon goût tout de même. Un garçon trapu se planta devant elle pour l'examiner sans vergogne, il éclata de rire, puis tourna les talons et s'en alla. Tita répondit à cette insulte par un sourire déconcerté. Une fille brune avenante apparut à côté d'elle, prit son bras affectueusement et lui tendit un verre.

— Je m'appelle Lætitia. Ne fais pas attention, ils ne sont pas méchants. Je peux te guider dans notre jungle.

— Très aimable, répondit Tita en acceptant la boisson.

Elle jeta un coup d'œil à Otto qui était en grand conciliabule avec Mellow et deux autres hommes. Sur la table devant eux, une carte de la ville était dépliée. Elle conclut que cela prendrait du temps et qu'elle ferait mieux d'être plus sociable. Elle se laissa guider vers le gril. Malgré la chaleur, le feu du gril paraissait rafraîchissant parce qu'il repoussait l'humidité et Tita en profita pour se sécher. Elle se sentit mieux. Lætitia lui colla dans les mains une assiette remplie de viandes grillées.

— Allons nous asseoir à la table, proposa-t-elle.

Tita acquiesça en constatant avec plaisir que la soirée prenait des airs de fête. Elle but un peu de vin et se détendit. Les ombres projetées sur les murs par les flammèches paraissaient faire maintenant une joyeuse sarabande. Elle suivit sa nouvelle amie. Elles s'installèrent à la table sur la scène avec les autres. Tita attirait encore des regards curieux, mais les ignora.

— Alors, tu habites par ici ? Je ne t'ai jamais vue auparavant.

— En fait, je suis nouvelle dans le quartier. Avant je vivais dans une autre partie de la ville.

— Ah ! tu as suivi Otto, c'est ça, hein ?

— Oui, si on veut. Depuis que je le connais, je me suis installée ici.

— Dans quelle partie de la ville tu étais ? Enfin, je te demande ça parce que tu n'as pas l'air de notre genre.

— Oh, un quartier commercial où tout le monde court tout le temps. Tu vois ce que je veux dire.

— Oui, parfaitement. Tu sais te battre au moins ?

— Je me débrouille. Et je suis armée.

Tita effleura des doigts l'arme étincelante qui luisait à sa taille et qui émit un doux froufrou de chaîne caressée. C'est à ce moment qu'Otto et Mellow vinrent s'asseoir à côté d'elles.

— Vous parlez chiffons à ce que je vois, dit Otto.

— Cote de maille doublée d'acier. De la haute couture pour amazones, ajouta Mellow de sa voix colorée et riante.

— Exactement, répliqua Lætitia en posant sur la table un stylet au manche joliment incrusté de nacre.

Elle poussa l'objet vers Tita.

— Tiens, prends, ça peut être utile.

Tita admira l'élégance de l'arme, en apprécia la légèreté, puis la glissa dans sa botte en gratifiant Lætitia d'un beau sourire. Voilà qui scellait leur amitié. Mellow se leva en dépliant son grand corps qui parut immense. Sa peau luisante projetait des reflets bleutés. Sa vêture de cuir brillant et épais au blouson ample et à la culotte ajustée sur ses cuisses puissantes lui donnait l'aspect d'un guerrier formidable.

— Mes amis ! dit-il en s'adressant à tous de sa voix puissante et chaude de chef tribal. Otto, mon ami de toujours, et sa charmante compagne, qui a des faits d'armes intéressants à ce que j'ai appris, sont venus se joindre à nous dans les moments difficiles que nous vivons. Leur présence ici est la preuve de la valeur de notre organisation, de la noblesse et de la justesse de notre cause. D'autres viendront se joindre à nous pour combattre ce mal qui ronge notre ville depuis des temps immémoriaux. Car, pas un d'entre nous, ni personne dans la ville, ne se souvient des temps différents où les splendeurs qui nous entourent ont été construites. Ce lieu et ses richesses sont un symbole de liberté, un lien qui nous unit. Nous luttons en vérité pour nos libertés et nos vies. Nous luttons contre la tyrannie d'êtres mécréants et spéculateurs qui n'ont pour nous que les chaînes de l'asservissement. Les seules chaînes que nous connaîtrons sont celles qui nous servent d'armes et que nous savons manier avec dextérité. Je lève mon verre à notre victoire.

Il leva son verre, suivi des autres, et tous burent dans un silence relatif peuplé du froissement des cuirs et du tintement des armes. Tita se rendit compte en balayant la salle du regard qu'une certaine évolution avait eu lieu dans l'esprit du groupe depuis leur arrivée. Tous semblaient bien informés de la situation et une stratégie paraissait avoir été définie. La lutte s'organisait et sur chaque visage elle lisait une résolution inflexible. C'était comme la veille d'une bataille entre deux armées et sur l'issue de laquelle planait une grande incertitude. Grâce à cette urgence qui poussait les gens à former des liens dans les moments les plus critiques, elle se sentait maintenant acceptée à part entière par la bande. Elle ne percevait plus d'animosité, de méfiance ou de curiosité de la part des autres mais un grand courant de sympathie qui l'emportait irrésistiblement. C'était la logique de la guerre ou plutôt sa psychologie qui jetait les gens dans les bras des uns des autres, arbitrairement, contre d'autres encore identifiés comme ennemis. C'était le grand broyage des vies humaines. Mais Tita, si elle connaissait cette mécanique, n'était pas en état de l'identifier car les ombres sur les murs dansaient, démesurées et fantastiques, le vin était doux à ses lèvres, ses compagnons lui souriaient et l'aimaient, et elle se laissa porter par ce souffle d'amour. Dans un moment fugitif de grâce intérieure, elle conclut que l'amour était la nature de la guerre.

XX

Arnold était ravi. La ville dans son entièreté s'étendait devant lui, morcelée en une myriade d'écrans, dont chacun en reflétait une parcelle. Quelle vue magnifique ! Les techniciens avaient fait du bon boulot. Tous les recoins du quartier étaient désormais visibles de son unique poste d'observation. Il reconnaissait bien tous les lieux, les rues, les maisons, les monuments, les établissements et jusqu'à sa piscine favorite. Durant les longues heures d'observation, il avait même cru reconnaître des visages qu'il aurait croisés lors de ses visites, mais c'était là sans doute le fruit de son imagination. Il avait l'impression d'entretenir avec le quartier des rapports étroits et personnels du fait de son omniprésence. Ce n'était pas seulement une ville virtuelle, composée dans son esprit par ses multiples points de vue, qu'il avait devant lui, mais une ville qu'il connaissait intimement et qu'il pouvait appréhender d'un seul coup dans son ensemble, et ce à chaque instant. Même s'il ne pouvait agir sur la ville, le simple fait de pouvoir la percevoir dans sa complexité lui donnait un immense sentiment de puissance. L'information n'était-elle pas déjà l'antichambre du pouvoir ? Mais il ne pouvait tout seul concrétiser ce pouvoir. Otto et lui étaient les seuls à savoir que l'installation des caméras était la première partie du plan.

Gudrun, de son côté, gardait un œil attentif au développement de ce projet d'observation qui entrait dans la mission de son unité administrative et qui lui permettait d'atteindre certains objectifs prioritaires à l'organisme Hernyo, tout en la rapprochant aussi de son protégé en multipliant leurs contacts sous le prétexte du suivi. Elle était fascinée par ce miroitement d'images où la ville dispersée scintillait sur les parois du modeste bureau, le transformant en une bulle de clarté au milieu de laquelle trônait Arnold, tel un génie étrange, dans la lumière cathodique bleutée qui éclairait les chromes de son fauteuil roulant avec des éclats vifs et tranchants. Sous cet éclairage, elle le trouvait plus beau encore. Enveloppé de mystère, il se dégageait de lui une certaine grandeur. Elle éprouvait à son égard des élans ambigus, érotiques et maternels, qui se manifestaient par une envie de contact physique, charnel et protecteur à la fois. Elle avait tout le temps de s'adonner à la lecture de ses émotions puisque, tout comme Arnold, elle passait le plus clair de son temps dans ce lieu qui lui servait pratiquement de domicile secondaire. Elle pouvait donc à loisir avoir son protégé à l'œil. C'est ainsi qu'elle remarqua, à la fin du troisième jour de l'entrée en service des nouveaux sites d'observation, qu'Arnold s'apprêtait à quitter le bureau très tôt. Il avait préparé un sac à dos volumineux. Puis il s'était glissé, dans le silence des pneus caoutchoutés de son véhicule, vers la sortie. N'ayant rencontré personne, il pensait passer inaperçu. Dehors, dans le crépuscule pluvieux, il fila dans un chuintement d'eau vers le quartier. Gudrun suivait très bien son parcours grâce au système des écrans. Les caméras étaient placées à des endroits judicieux et permettaient même de voir de nuit par le truchement de leurs dispositifs à infrarouge. Arnold voguait à bonne allure vers un lieu précis. Entre le passage d'un écran à l'autre, il pouvait s'écouler quelques secondes et Gudrun perdait Arnold de vue régulièrement. Mais alors qu'elle s'attendait à le voir sur l'écran suivant, il réapparut sur celui qu'il venait de quitter. S'était-il trompé de chemin ? À la rapidité de ses gestes et la vitesse de son fauteuil roulant, elle conclut que cette manœuvre était sans doute précipitée. Mais motivée par quoi ? Elle attendit longtemps la réponse à sa question puisqu'elle ne voyait plus rien dans l'espace de son champ de vision.

Arnold, lui, par contre, ne se posait aucune question, il savait qu'il devait filer, et au plus vite. Au bout de la rue qu'il suivait, il avait aperçu un homme négligemment appuyé au mur du bâtiment que longeait le trottoir. Il avait aussitôt identifié à quel groupe il appartenait et il pensa que ce n'était pas par hasard qu'il était sur son chemin. Il était déjà assez près pour distinguer ses traits. Il était plus jeune qu'Arnold et il ne l'avait jamais vu auparavant. Ce devait être un nouveau qui était entré au service de Hernyo récemment. Cependant, Arnold ne se sentait pas d'humeur à se mesurer à lui, il avait des choses plus importantes à faire ; il rebroussa chemin discrètement et tenta de disparaître sans attirer l'attention. Mais à l'autre bout de la rue, il vit une autre silhouette se profiler et avancer dans sa direction. Stratégie classique, pensa-t-il, ces garçons sont si lents à évoluer. À sa gauche béait une porte cochère. Il fit pivoter son véhicule d'un coup rapide et sec et s'engouffra dans l'espace sombre. Il roula hardiment dans l'obscurité de plus en plus épaisse, se préparant à buter contre un obstacle éven-

tuel. Mais il ne rencontra rien et, arrivé à ce qu'il estimait être le milieu du bâtiment, il s'arrêta. Il avait l'intention d'attendre dans le noir que les deux autres
abandonnent leur poursuite. Mais peut-être ne le
poursuivaient-ils pas. Peut-être ne l'avaient-ils même
pas remarqué. Il le saurait bientôt. Il attendit donc, la
respiration courte et l'oreille tendue. Il eut tout à coup
le sentiment d'une présence près de lui. Il avait chaud
et ses vêtements étaient mouillés par la pluie, ses sens
lui disaient qu'il n'était pas seul, que quelqu'un était
tapi dans l'ombre, là près de lui. Il sortit un briquet de
sa poche et l'alluma. Dans la clarté de la flamme, le
visage d'un homme apparut à une dizaine de centimètres du sien. Il avait des yeux extraordinairement
bleus et une moustache broussailleuse. Dans sa main
droite pendait une chaîne dont le bout touchait
presque le sol.

— Salut! dit Arnold en levant les bras dans un
geste de paix pour prévenir toute attaque.

— Qui es-tu? Que fais-tu ici? dit l'homme d'une
voix sans agressivité.

— Je m'appelle Arnold. Je viens voir Otto Prime. Il
habite dans l'immeuble devant le parc.

— Ouais. Je le connais. Je crois bien que je t'ai déjà
vu par ici.

— J'apporte de l'équipement pour Otto, dit
Arnold en désignant d'un geste son sac à dos. Mais j'ai
un petit problème, là, dehors.

L'ombre d'un nuage passa dans l'azur du regard
de l'homme. Il souffla la flamme du briquet.

— Ouais, je les surveille depuis un bon moment.

156

Dans l'espace clair de la rue, au delà de l'encadrement de la porte, une silhouette apparut. Elle paraissait hésitante et fragile à cette distance, mais elle s'avança vers eux. Les yeux d'Arnold s'étaient habitués à l'obscurité. En entendant le bruissement des vêtements de l'homme accroupi à côté de lui, il tourna la tête pour voir se déplier un corps immense, une imposante masse noire. Cette masse se déplaça ensuite sans bruit en direction de la silhouette qui était maintenant bien engagée dans l'entrée. L'homme qui venait de la rue connaissait les dangers qui pouvaient le guetter dans le trou noir où il s'apprêtait à pénétrer. Moins hardi que Arnold, il alluma une lampe de poche qu'il tenait au bout de son bras tendu, loin du corps pour éviter que celui-ci ne serve de cible. Le cône de lumière commençait à fouiller l'obscurité lorsqu'un sifflement fendit l'air avec un léger tintement métallique. La lampe tomba sur le sol et s'immobilisa en projetant un demi-rond de clarté sur le mur. Dans le faible éclairage, Arnold voyait la chaîne tendue ; son extrémité frappante était retenue dans la main de l'homme à la lampe. Les deux antagonistes restèrent ainsi immobiles pendant quelques secondes. Puis le colosse à la moustache tira sur sa chaîne un coup vigoureux afin de la libérer et aussitôt l'extrémité de l'arme revint vers lui pour tomber à ses pieds avec un bruit de ferraille. L'homme, à une dizaine de mètres devant, se mit à hurler. Dans la faible lumière, il regardait les paumes de ses mains rouges de sang, lacérées par les derniers maillons qui avaient été affûtés avec soin pour former un fléau à double tranchant. Arnold profita du désarroi de l'adversaire pour fuir en direction de la rue. Il avait presque atteint le trottoir lorsque le deuxième homme surgit devant lui. Usant de la vitesse de son fauteuil et de l'avantage que lui donnait l'obscurité ambiante, il fonça sur lui en baissant la tête. Il frappa l'homme au niveau du bas-ventre au moment où celui-ci allumait à son tour sa lampe de poche. L'homme tomba à la renverse mais se redressa aussitôt. À peine ralenti par le choc, Arnold continua sur sa lancée pour atteindre la rue. Derrière lui, il entendit divers bruits de lutte ponctués de sifflements de chaîne, puis un coup de feu retentit. Arnold s'arrêta net, fit pivoter son véhicule vers l'entrée du passage et attendit. Peut-être son allié moustachu avait-il besoin d'aide. Mais au bout de deux minutes, il vit la silhouette massive traverser le trottoir en traînant dans chaque main une charge en forme de sac. Il jeta son fardeau dans la rue et disparut dans l'ombre de l'entrée. Arnold sourit ; « du beau travail », se dit-il avec satisfaction, et il s'éloigna en se dirigeant vers la piscine où il avait rendez-vous avec Otto.

Dans la grande salle humide, Arnold constata qu'il était le premier arrivé, la surface de l'eau était lisse et rien ne trahissait une autre présence. Il s'approcha du bord du bassin pour regarder l'eau en se demandant s'il n'allait pas y plonger en attendant Otto. Aussitôt, dans un bouillonnement de bulles, la tête d'Otto surgit en arborant un grand sourire, content de son effet de surprise. « Voilà, se dit Arnold, l'avantage stratégique réside dans la surprise et une bonne connaissance des lieux. »

— La situation doit être grave, dit Arnold. Tu utilises la cache maintenant ?

— Simple précaution, répondit Otto. Mais oui, ça se détériore de plus en plus. As-tu l'équipement ?

— J'ai tout ici, reprit Arnold en retirant son sac à dos.

Il ouvrit la fermeture éclair, plongea la main dans le sac et en extirpa une poignée de fils. Il en dégagea un écouteur et le tendit à Otto.

— Celui-ci est pour toi. Il y a un micro ici, ainsi tu pourras communiquer avec moi. Les autres, il y en une trentaine, ne peuvent que recevoir et donc écouter nos conversations. J'ai choisi une fréquence inhabituelle par sécurité. Mais de toute façon, c'est moi qui vous donnerai les informations. Je serai en quelque sorte vos yeux grâce au système des caméras.

—Très bien, acquiesça Otto en examinant les écouteurs dont chacun était relié à un récepteur à piles. Une gracieuseté de la maison Hernyo ! lança-t-il en riant.

Ils passèrent par le jardin et pénétrèrent dans la cache par la porte extérieure. Après avoir déposé les appareils dans ce lieu sûr, ils retournèrent à la piscine par le sas d'accès. Arnold plaça son fauteuil près du sas, se hissa sur le parapet et laissa son corps basculer dans l'eau, cet univers de silence et d'apesanteur. Il nagea vers le fond du bassin où le luminaire brillait et l'attirait. Il aurait voulu rester là indéfiniment, tellement il se sentait bien dans cette eau amicale qui l'enrobait de toute part. Il ferma les yeux. Son cœur ralentit, il était en suspension dans l'espace et dans le temps, le besoin d'air se faisait à peine sentir. Il se laissa flotter en s'abandonnant complètement avant de remonter lentement vers la surface. Il ouvrit les yeux. Près de lui,

Otto barbotait la tête hors de l'eau, son corps indolent pendant dans le liquide bleuté.

À l'autre extrémité de la ville, Gudrun restait perplexe devant les écrans où elle avait vu Arnold se diriger vers un endroit précis, puis faire demi-tour, entrer par une porte cochère dans un bâtiment, en ressortir suivi d'un colosse qui traînait deux cadavres, et finalement disparaître dans une verrière.

XXI

Deux jours plus tard, Tita ressentait le poids de cette attente et l'anxiété sourde qu'elle suscitait. Tout ne semblait vivre qu'à demi dans la crainte d'un événement effroyable. Ce qui l'agaçait était cette démission ou cette soumission des gens à une peur diffuse qui s'insinuait dans tous les aspects de la vie. Elle était nue devant la fenêtre de la chambre, les seins écrasés contre la vitre pour y chercher un peu de fraîcheur. Il avait plu toute la journée ; l'humidité et la chaleur collaient à la peau. Otto dormait. Ils avaient fait l'amour au début de l'après-midi, puis ils s'étaient abandonnés à une longue sieste jusqu'à la fin du jour. En s'éveillant, elle avait vu la pénombre déjà installée dans la pièce. Dans la rue, elle n'avait remarqué personne, même les hommes-chiens restaient invisibles, dissimulés sans doute dans de sombres infractuosités comme des cafards immondes à l'affût d'occasions ignobles.

Le parquet craqua derrière elle, la tirant de sa rêverie. Elle sentit le corps long et musclé d'Otto se coller à son dos et presser ses fesses. Les mains d'Otto parcoururent ses omoplates, descendirent jusqu'à sa taille et son ventre, effleurèrent son sexe pour remonter et se refermer sur ses seins. Ils remplissaient bien le creux de ses mains, ils étaient fermes, hauts, naissaient en demi-sphères légèrement renflés dont les bases occupaient toute la largeur de la poitrine. À côté de lui, Tita était menue et il pouvait de ses mains encercler son corps. D'un faible mouvement, il la fit pivoter pour qu'elle lui soit de face. Les yeux sombres de Tita plongèrent dans les siens. Elle enlaça le cou d'Otto de ses bras en offrant ses seins à ses lèvres. Otto la prit par la taille et la souleva sans effort. Accompagnant ce geste, elle noua ses jambes autour de sa taille et le sexe dressé d'Otto glissa dans le sien avec une sensation de chaleur. Ils restèrent étroitement enlacés, puis Otto porta Tita jusqu'au lit. Là, elle relâcha son étreinte avec un renoncement voluptueux. Otto se redressa pour la regarder étendue sur les draps verts qui donnaient à sa peau par contraste un éclat lumineux. Il se pencha de nouveau sur elle, elle accueillit son grand corps avec tendresse et ils sombrèrent ensemble dans un monde hors du temps, où tout n'était que glissements et sensations tactiles. La chambre autour d'eux s'enfonça dans l'obscurité, alors qu'à l'extérieur l'univers de la ville voguait vers un destin incertain.

Tard dans la nuit, le communicateur qu'Arnold avait donné à Otto bourdonna. Otto tendit la main dans la torpeur du sommeil pour porter l'appareil à son oreille. Tita était déjà réveillée, prompte comme un chat, mais elle resta sans bouger, un bras posé sur la poitrine d'Otto.

— Oui, dit Otto au micro placé au bout de la mince tige de plastique.

— Salut Otto, dit la voix minuscule d'Arnold dans l'écouteur. J'ai des renseignements sur la prochaine opération.

— Vas-y, je t'écoute.

— C'est pour demain soir. C'est une opération d'envergure. Hernyo envoie vingt-cinq hommes.

— Par où doivent-ils arriver ?

— Par la station de métro. Ils arriveront par le dernier métro.

— Bon, on s'en occupe, conclut Otto avec détermination. Il était maintenant tout à fait réveillé. Tiens-moi au courant.

— Dis aux autres de se brancher et de rester à l'écoute. Je vous guiderai.

Puis la voix d'Arnold disparut. Pour Otto, la chambre retomba dans le silence, mais un silence transformé par ce qu'il venait d'entendre. Tita n'avait perçu qu'un faible grésillement et n'avait donc pu suivre toute la conversation. Otto se leva et marcha dans la chambre jusqu'aux fenêtres. Tita le rejoignit. Ils étaient côte à côte, leurs peaux s'effleurant. Ils contemplèrent dehors le parc luminescent qui dispensait sa clarté végétale et parcimonieuse dans la nuit. Les lumières de la ville n'étaient plus qu'un rougeoiement qui teintait le ventre des nuages.

— Ils préparent un coup pour demain soir, dit Otto en guise d'explication.

Tita avait assez d'informations pour tout comprendre. L'attente prenait fin, mais elle ne savait si elle devait s'en réjouir. Cette affaire devait connaître un dénouement prochain, elle penchait pour la solution qui renverrait chacun chez soi, ainsi le quartier retrouverait la vie paisible qu'il avait déjà connue. Mais son intuition lui disait que c'était illusoire, sans doute même impossible, les choses étaient déjà allé trop loin. Otto de son côté réfléchissait à la meilleure façon de prévenir Mellow et de préparer la défense. Utiliser le téléphone était impossible. Le téléphone devait être sur écoute. Sa place était avec ses amis et il fallait qu'il les rejoigne le plus tôt possible. Il s'habilla avec soin et des gestes précautionneux. Tita l'imita, elle aussi plongée dans ses pensées ; la nécessité de l'action lui apparaissait désormais inévitable, c'était l'aboutissement d'une logique primaire et implacable.

En passant par les petites rues et en profitant du couvert de la nuit, ils avaient une bonne chance de rejoindre la bande sans être aperçus. Ils descendirent l'escalier, plongé dans le noir, presque à tâtons. En arrivant dans le hall d'entrée, la lumière qui filtrait par les portes vitrées prodiguait un éclairage suffisant à leurs yeux adaptés à l'obscurité. Dehors, rien ne bougeait, la rue paraissait déserte. Même les hommes de Hernyo doivent dormir, pensa Otto. Ils prirent le chemin qui menait au bâtiment servant de quartier général à la bande. C'était assez loin et leur progression était ralentie par les précautions qu'ils devaient prendre pour ne pas être remarqués. Ils longèrent les murs des bâtiments voisins et, au premier croisement, empruntèrent les rues sombres et étroites. Ils pénétrèrent dans un monde insolite hérissé d'obstacles invisibles et se révélant surtout par une luxuriance d'odeurs puissantes et distinctes. Dans ce paysage olfactif, ils identifièrent ainsi sur leur chemin des ordures pourrissantes, des portes de caves humides qui exhalaient leur haleine de moisissure, des fanges croupissantes à la surface desquelles flottaient des huiles rances de vieilles machines oxydées. C'était ici l'envers de la ville, son côté caché. Ils soupçonnaient à leurs pieds l'épanouissement d'une vie foisonnante de vermines. Ils sentaient des frôlements contre leurs jambes et parfois leurs bottes s'engluaient dans des matières visqueuses qui s'écrasaient en libérant des pestilences inconnues. Ils étaient seuls au monde au milieu de cette décrépitude nauséabonde. Jusque-là, ils n'avaient rencontré personne, ce qui laissait présager de la justesse de leur stratagème. Tita trébucha sur une grande boîte de carton. À sa surprise, un des pans de la boîte se rabattit en laissant apparaître la tête blanche hirsute d'une vieille femme qui en les apercevant poussa un long hurlement, puis elle se mit à vociférer à leur endroit en déversant sur eux une marée d'imprécations qu'ils ne comprenaient qu'à demi. Tita balbutia des excuses et ils coururent dans la ruelle pour tenter de disparaître dans l'obscurité. Depuis leur départ, ils avaient à peine chuchoté quelques mots. Les cris de cette femme étaient une agression, un déchirement dans la tranquillité de la nuit et ils tentèrent de mettre la plus grande distance possible entre elle et eux. La voix de la vieille s'estompa et se transforma en grognements avant de s'éteindre. Ils étaient à une centaine de mètres d'elle lorsqu'elle recommença à crier. Elle venait d'être dérangée de nouveau et ils conclurent que quelqu'un les suivait. Le bout de la ruelle était tout près, illuminé par un lampadaire anémique dont la lumière parcimonieuse s'étiolait au-dessus des pavés noyés dans les flaques d'eau. La rue dans laquelle ils débouchèrent longeait la place exiguë devant l'édifice où logeait la bande. Ils étaient arrivés. Ils traversèrent la place en courant. Ils gravirent les marches dans l'élan de leur course. Les enfants n'étaient pas là cette fois-ci, mais Tita distingua des formes couchées derrière les colonnes. Les portes

165

métalliques étaient closes et Otto, en s'accrochant aux énormes anneaux, réussit à faire pivoter un des battants. Devant eux s'ouvrait un espace sombre comme l'entrée d'une caverne ; il flottait dans l'air une odeur de fumée froide et de viande carbonisée. Ils entrèrent dans le vaste hall plongé dans une obscurité totale. Des mouvements furtifs laissaient deviner des présences autour d'eux. Otto alluma sa lampe de poche en la tenant au-dessus de sa tête.

— C'est nous, Otto et Tita, cria-t-il en supposant que ceux qui étaient là étaient bien ses amis.

Des silhouettes apparurent dans le faisceau de la lampe et les lumières du hall s'allumèrent d'un coup. C'est à ce moment qu'Otto et Tita s'aperçurent qu'ils étaient au milieu d'un groupe de gens menaçants. Otto reconnut parmi eux quelques visages dont celui de Mellow. Celui-ci éclata de rire, sa voix grasse et profonde emplit l'air.

— On a bien failli vous tomber dessus ! Vous auriez dû vous annoncer plus tôt, dit-il avant de continuer à égrener son rire sonore.

— Qu'est-il arrivé depuis l'autre jour ? s'enquit Otto en essayant de comprendre la méfiance de ses amis.

— Il arrive quelque chose tous les jours ces temps-ci, répondit Mellow, énigmatique. Nous sommes devenus plus prudents.

— Il y a un coup important qui se prépare pour ce soir, répondit Otto en pensant que dehors ce devait être déjà le matin.

Pendant qu'Otto donnait les détails et que la discussion s'engageait pour définir une stratégie, Tita rejoignit Lætitia. Elle trouva une guerrière déterminée, armée et prête au combat, et qui l'accueillit avec un plaisir manifeste.

— Restons ensemble, proposa Lætitia.

— Tu as peur ? lui demanda Tita avec un sourire indulgent.

— Bien sûr que non. Nous pourrons ainsi veiller l'une sur l'autre. Les hommes, eux, tu vois, ils s'organisent. Nous ne serons sans doute pas en première ligne, mais nous ne serons pas à l'écart non plus.

Tita acquiesça, Lætitia avait certainement raison. Elle promena son regard sur la bande en général. C'était une engeance hétéroclite, chacun arborait son arme favorite ; la plupart avait des chaînes, certains préféraient les couteaux, d'autres encore portaient des armes à feu modifiées. Tous exhibaient des visages graves et durs sur lesquels se reflétaient une âpre détermination et une résignation à des souffrances anticipées et inévitables. L'atmosphère n'était plus à la fête. Chacun face à soi-même se préparait à l'ultime combat. Tita ne savait pas quelle serait l'issue de cet affrontement mais, en regardant ces visages, elle comprenait qu'il y avait certains d'entre-eux qu'elle ne reverrait pas.

XXII

Hernyo faisait confiance à ses hommes et connais-sait leurs capacités, mais, dans les moments critiques, il n'hésitait pas à mettre la main à la pâte. Cette pâte en l'occurrence était une petite mallette d'explosifs que portait Igon, quelques pas derrière lui, alors qu'ils marchaient dans le tunnel du métro. Ses stratégies pour acquérir un pied à terre dans le quartier, pour ses futures opérations, avaient lamentablement échouées. Les gens qui vivaient là étaient particulièrement résis-tants et même s'ils avaient été ébranlés par les effets du trébuchet, ils n'avaient pas cédé un pouce de pro-priété. Ses hommes, qui étaient partout, contrôlaient les accès et les déplacements dans le quartier. Illusion que tout ceci, pensa Hernyo, la vie s'était enfouie dans les profondeurs souterraines de la ville et y continuait en sourdine, loin de la lumière de la surface, hors de son réseau de surveillance. C'est là qu'il fallait frapper. Son équipe de choc interviendrait ce soir, mais cela ne suffisait pas, il fallait penser plus loin que l'ennemi, prévoir chaque éventualité, couper les routes de retrai-te et empêcher l'arrivée de renfort. C'est ainsi que rai-sonnait Hernyo dans le petit matin, lequel à la surface devait être blême. Il marchait résolument vers ce point optimum du tunnel, non loin de la station, dans la branche qui paraissait la plus susceptible d'être utili-sée par l'adversaire. Cette branche reliait la station du quartier à une autre, de l'autre côté de la rivière, située dans un quartier pauvre et modeste ; c'est de là que viendrait un renfort éventuel et c'est par là aussi que fuirait l'adversaire en déroute. L'autre branche, celle dans laquelle ils étaient, conduisait à une station du quartier des affaires, entièrement sous son contrôle. En cas de besoin, il utiliserait lui-même cet accès. Ils progressaient dans le tunnel sombre, parcimonieusement illuminé. Igon le suivait à une certaine distance en portant sa charge létale.

Ils arrivèrent à la station et gravirent les quelques marches qui conduisaient à la plate-forme. Ils devaient la traverser d'une extrémité à l'autre afin de reprendre le chemin de service de l'autre côté. La station aussi était sombre, à peine éclairée par de rares lumières d'urgence au-dessus des couloirs qui conduisaient à la sortie. Des bouteilles vides et des détritus jonchaient le sol. Hernyo et Igon marchaient au milieu des immondices, leurs pas égrenant un doux frou-frou de papiers froissés. Les odeurs qui planaient au-dessus de ce fouillis rappelaient ceux d'excréments séchés, pimentés de miasmes de champignons en décomposition et de croûtons de pain moisi. Devant ce spectacle, Hernyo se demandait ce qu'il faisait dans ce trou, lui, l'homme des hauteurs, de la lumière et des airs. Jamais il n'avait eu à subir les assauts nauséabonds des putridités des couches souterraines de l'humanité, bien que son âme fût un habitué de ces lieux. Ils traversèrent stoïquement ces limbes répugnantes pour descendre dans le rancissement métallique et stérile du tunnel. La voûte sombre tapissée de poussière noircie apparut toutefois à Hernyo comme un havre de propreté et d'ordre. Là, tout était géométrie. Les lignes fuyantes des rails parallèles sous la courbe gracieuse de la voûte était un ravissement pour les yeux. Et cette pénombre paisible était si lénifiante. Étonnamment, Hernyo s'y sentait presque bien, surtout après les outrages que venait de subir sa personne. Lui, l'homme des sommets, pourrait s'accommoder du dénuement de cet espace confiné et protecteur. La vie ne cessait de l'étonner. Elle offrait des moments sublimes, s'élevant au-dessus d'un fond tissé de vicissitudes. Et c'est justement à cause de ces vicissitudes qu'il se trouvait là. Il méditait tout en marchant, les yeux fixés sur le point de fuite invisible dans le lointain obscur du tunnel.

Ils avaient parcouru une vingtaine de mètres en aval de la station lorsque Hernyo s'arrêta. Voilà, c'était ici qu'il fallait placer l'explosif. Le plan était simple, en cas de besoin, il ferait sauter le tunnel qui, en s'effondrant, condamnerait cette route. Pour bien faire les choses, dans les règles de l'art, il choisit un détonateur activé par radio sur une fréquence de communication inhabituelle. À cet effet, un relais avait déjà été installé dans la station. Il déclencherait ainsi par le son de sa voix son engin à distance. Igon avait aussitôt ouvert la mallette et procédait aux derniers réglages. Le système serait armé à distance au moment opportun. Il referma le couvercle délicatement et déposa l'objet près de la paroi. Ils firent ensuite demi-tour afin de refaire le même chemin en sens inverse. Pour Hernyo, tout ceci n'était qu'une précaution supplémentaire, un geste banal, presque sans importance. Son esprit volait déjà vers d'autres préoccupations. Ils s'éloignaient le long de la voie, leurs silhouettes chauves se découpant dans la faible lumière dont les reflets zébraient leurs

crânes lisses et sphériques. Une fois la station dépas-
sée, ils disparurent, absorbés par l'ombre épaisse du
tunnel.

XXIII

L'attente était longue. Dans la soirée, chacun avait pris position autour de la station de métro. La plupart des membres de la bande attendaient dans les couloirs qui conduisaient à la surface. Les accès par le tunnel étaient également surveillés. La branche reliant la station à celle du quartier des affaires était occupée par deux hommes qui se dissimulaient accroupis de chaque côté des rails. Otto se chargeait du contrôle de l'autre branche, celle qui passait sous la rivière et qui conduisait à un autre quartier d'où il était peu probable que viennent les hommes de Hernyo. Tita et Lætitia étaient en deuxième ligne dans l'escalier qui conduisait de l'entrée de la station aux quais, dans les profondeurs sous la rue. Le temps semblait immobile et Otto était impatient. Cette attente lui convenait mal, l'anticipation de l'action le rendait fébrile et il essayait d'imaginer le déroulement de la bataille. Habituellement, dans les affrontements, tout se déroulait rapidement, sans préméditation, c'était une flambée de violence instantanée provoquée par des situations imprévisibles, il n'y avait aucune place pour la réflexion. Mais dans ce cas, le temps qu'il avait devant lui laissait beaucoup de place à l'imagination, ce qui ne lui servait qu'à envisager des scénarios différents et des issues différentes à la bataille. Pour se donner une contenance, il s'éloigna de la station pour inspecter le tunnel afin de mieux connaître ce terrain qu'il devrait éventuellement défendre. De face, le tunnel présentait une ouverture formant un demi-cercle parfait. Ses murs lisses étaient couverts d'une poussière fine et noire comme s'ils avaient été carbonisés par un incendie semblable à un boyau dans une mine de charbon dévasté par une explosion de méthane. Cet antre obscur avait été à l'origine éclairé par des tubes de néon disposés le long des parois, mais, avec le temps et le manque d'entretien, un grand nombre de tubes avaient brûlé. Dans le faible éclairage restant, le tunnel prenait l'aspect fantomatique d'une grande caverne sombre. Et c'est ce vide qui lui donnait son utilité, qui faisait que le tunnel était ce qu'il était et servait à quelque chose. Un fragment de texte revint à la mémoire d'Otto, «...*On pétrit la terre glaise pour faire des vases. C'est de son vide que dépend l'usage des vases. On perce des portes et des fenêtres pour faire une maison. C'est de leur vide que dépend l'usage de la maison. C'est pourquoi l'utilité vient de l'être, l'usage naît du non-être.*» Il médita sur cette pensée de Lao Tseu d'une simplicité lumineuse tout en scrutant la voûte noire au dessus de lui. Il se demandait par quel tropisme les habitants de la ville en étaient arrivés là. Cette pause dans ses préparatifs de combat avait calmé son impatience, il était maintenant dans un état contemplatif et son regard errait sur les détails visibles de cette structure souterraine qui s'étalait autour de lui. Il voyait les rails lisses et luisants fuir vers les ténèbres, les rivets retenant les rails, les fils électriques pendant en vagues molles entre les crochets, les luminaires allumés ou éteints des néons. Tous les cent mètres, un renfoncement dans la paroi du tunnel permettait à un homme de s'y abriter pendant le passage d'une rame.

Otto voyait tout cela, mais son esprit était ailleurs, dans un autre vide. Il se rendait vaguement compte que ce lieu obscur et étrange avait un curieux effet sur lui, mais il ne pouvait s'empêcher de s'abandonner à cet état d'absence. Il marchait le long du passage étroit entre les rails et le mur du tunnel, il avait l'impression de flotter à quelques centimètres au-dessus du sol. Puis un grésillement dans son oreille le tira de sa torpeur ; il reconnut la voix d'Arnold.

— Ça y est, dit la voix, ils se préparent à monter dans le prochain train à la station du centre. Ils seront là dans une vingtaine de minutes.

— Ils sont tous ensemble ou dispersés dans les wagons ?

— Tous ensemble, dans le dernier wagon.

— Dans le dernier wagon ? Très bien. Quelle originalité, murmura Otto, pensif.

— Comment ? demanda Arnold. Je n'ai pas bien compris.

— Rien. Je me suis éloigné de la station. Je suis toujours dans le tunnel, je fais demi-tour. Rappelle-moi lorsqu'ils seront arrivés.

— Ah ! autre chose, reprit Arnold. Ils transportent du matériel dans des sacs de sport. Je n'ai pas pu savoir ce que c'était.

— Bon. Merci. De toute façon, nous nous en chargeons.

En entendant le faible clic, il se retourna pour se diriger vers la station. Il s'aperçut qu'il s'était éloigné de celle-ci beaucoup plus qu'il ne l'avait pensé. La station n'était pas visible de l'endroit où il se trouvait. Le tunnel faisait une longue courbe et la station était au-delà. Même ses lumières étaient invisibles et Otto ne voyait que la paroi noire du tunnel devant lui. Un grondement s'éleva derrière lui, annonçant l'approche d'une rame. Ce ne pouvait être que l'avant-dernier métro, pensa-t-il, il était encore trop tôt. Le bruit sourd s'amplifia et les rails vibrèrent à côté de lui. Il s'abrita dans un des renfoncements du mur. Un souffle balaya l'air, puis le tunnel s'illumina alors que le bruit devint assourdissant. Otto s'arc-bouta dans la dépression en appuyant ses mains sur les côtés pour ne pas être happé par le train qui défilait à une cinquantaine de centimètres de lui. Dans le bruit de métal, parmi des éclairs d'arcs électriques et d'étincelles, la masse du train passa avec un élan irrésistible. Des volutes de poussière et des vieux papiers voltigeaient à sa suite, aspirés par l'appel d'air qu'avait créé le passage du mastodonte métallique. Cela ressemblait à un piston s'enfonçant dans un long tube et qui poussait tout devant lui. Otto émergea de son abri. Il vit les feux rouges du dernier wagon et sa fenêtre éclairée dans laquelle une silhouette paraissait le regarder. Le train disparut dans la courbe en emportant sa lumière et son bruit de ferraille qui s'amenuisa pour ne plus devenir qu'un roulement puis un murmure lointain. Il reprit son chemin ; il estima qu'il arriverait à la station au moment du passage de la prochaine rame. Il pensa que Mellow et les autres avaient entendu sa conversation avec Arnold et qu'ils se tenaient prêts.

À première vue, la station a l'air déserte. Tout baigne dans cette lumière maigre et misérable que dispensent encore les rares luminaires. Un des néons s'allume et s'éteint régulièrement avec un grésillement obsédant qui annonce sa fin prochaine. Ce bruit est le seul qu'Otto entend, l'air s'est immobilisé. Otto aussi reste immobile en respirant à peine, l'ouïe tendue. Il perçoit un frémissement venant de l'autre côté de la station devant lui. Le bruit devient une vibration qui se propage par les rails et s'amplifie en roulant sur les parois du tunnel. Il devient rapidement le grondement mécanique qui annonce la venue du train. Lorsque Otto voit apparaître dans l'obscurité les deux phares du wagon de tête, il s'accroupit au bas de la volée de marches qui mène à la plate-forme. Le bruit assourdissant emplit la cavité caverneuse du tunnel et fait mugir l'air qui s'écoule dans le sens du mouvement. La rame débouche dans l'espace de la station, l'illuminant de toutes ses fenêtres ; aussitôt le fracas des wagons s'estompe, absorbé par le volume plus vaste des lieux et les ramifications des couloirs qui nuisent à la réverbération des sons. Le train ralentit et passe telle une vision fantomatique. Otto sent la masse métallique le frôler et la chaleur que dégage toute cette mécanique. Puis le train s'engouffre dans l'obscurité du tunnel, entraînant avec lui son cortège de débris, de poussière et son vacarme de ferraille.

Il reste sur le quai vingt-cinq silhouettes noires. Elles se mettent en mouvement aussitôt. Trois d'entre elles brandissent des pistolets et tirent sur les luminaires qui éclairent la station. Les autres, peu préoccupées par les détonations des coups de feu, se penchent sur les sacs déposés à leurs pieds pour en sortir des équipements qu'elles revêtent. Les tireurs vont vite dans leur besogne et la station disparaît progressivement dans l'obscurité. Des hommes se redressent déjà

177

en portant sur les yeux de volumineuses lunettes de vision infrarouge qui masquent à demi leurs visages. Otto saisit aussitôt leur plan : lorsque la station sera plongée dans le noir, ils seront les seuls à voir. Mais d'autres membres de la bande ont compris aussi. Un des tireurs s'arrête net, un couteau planté dans la gorge. Il grimace, sa langue sort de sa bouche comme une grosse limace raide et droite. Puis il tombe à genoux, oscille avant de basculer en avant dans la mare que forme son sang. Le deuxième tireur est fauché par une chaîne qui s'enroule autour de son cou et dont l'extrémité acérée frappe son œil. Il a le temps de hurler de douleur avant de s'effondrer et d'être traîné vers un couloir plongé dans l'obscurité. Le troisième tireur voit surgir devant lui une ombre juste avant de fracasser d'une balle le dernier luminaire. La station est engloutie dans le noir. De l'endroit où il se tient provient un gémissement, suivi du son mat d'une masse qui heurte le sol. Puis des glissements de pas s'élèvent sur le quai pour se répandre partout furtivement telle une rumeur. À peine annoncée par des bruits de papiers froissés et de verre brisé, une clameur embrase l'atmosphère ; la bataille vient véritablement d'être engagée. Entre les coups de feu, les tintements des chaînes et le frottement métallique des lames, des plaintes étouffées s'élèvent çà et là, se mêlant aux cris de guerre et aux hurlements. Pour défendre l'entrée du tunnel, Otto se place entre les rails et fait tournoyer lentement sa chaîne au-dessus de sa tête. Il ne voit rien, sinon de brèves images dans les éclairs des coups de feu. Il peut évaluer ainsi qu'il est seul sous la voûte et que toute l'action se déroule sur un des quais. Il reconnaît la plupart des formes qu'il voit sur le sol et il conclut que cela ne va pas pour le mieux pour ses amis. Il pense abandonner sa position pour se lancer lui aussi dans la bagarre. Tout à coup, une lumière blanche éblouissante se met à danser au milieu des combattants. Quelqu'un a eu l'idée d'allumer une fusée éclairante et ce simple geste change aussitôt le cours de la bataille. Les hommes de Hernyo arrachent leurs lunettes à infrarouge en hurlant de douleur et en protégeant de leurs mains leurs yeux éblouis. Aveuglés, ils tentent de s'orienter, ils n'osent plus tirer de peur de s'abattre les uns les autres. Ils essaient de se regrouper en tâtonnant et en s'appelant. Les membres de la bande les encerclent immédiatement et, profitant du bref avantage qu'ils ont, ils les éliminent un par un en les frappant à coups de chaînes. Ceux qui sont séparés du groupe n'ont aucune chance, ils tombent sous les coups et leurs corps inertes sont poussés de la plate-forme dans la dépression où courent les rails. Mais rapidement, les yeux des hommes de Hernyo s'habituent de nouveau à la clarté, ils voient assez pour esquiver les coups et les rendre. La bataille reprend avec de chaque côté une douzaine de combattants. Otto remarque que ses amis ont l'avantage. Rompus aux bagarres de rue, ils sont des adversaires redoutables. Il y a encore quelques coups de feu mais l'essentiel de l'affrontement se fait désormais au corps à corps, au fil des lames et au bout des poings. Otto est toujours dans le tunnel et fait tournoyer sa chaîne lorsqu'un des hommes se met à courir dans sa direction. Il descend en un éclair les marches conduisant au niveau des rails et avance dans le tunnel. Il dépasse Otto qui se lance à sa poursuite. Tita et Lætitia arrivent au bout du quai, à l'endroit que l'homme vient de quitter. Elles sont descendues avec l'avancée de la bande lorsque la bataille a tourné à leur avantage. Otto constate avec soulagement qu'elles sont indemnes, plusieurs fusées éclairantes illuminent la station et Otto peut voir le visage déterminé de Tita et le regard inquiet qu'elle lui lance. Mais l'homme s'éloigne dans le tunnel et il faut le rattraper. En quelques enjambées, il est déjà derrière lui et s'apprête à le frapper avec sa chaîne.

XXIV

À l'autre bout de la ville, dans son bureau transformé en poste d'observation, Arnold était désemparé. Tout allait bien jusqu'à l'arrivée de la dernière rame de métro, puis les événements s'étaient précipités. Il y avait eu un vide obscur sur ses écrans remplacé soudain par un vide lumineux. Il ne voyait plus que des ombres s'agiter et il n'avait aucune idée de la tournure que prenait la bataille. Il avait failli lamentablement à sa tâche d'informateur, de conseiller, de guide stratégique ; il ne savait au juste quel titre se donner. Pourtant, dehors, la ville paraissait paisible et assoupie dans un sommeil bercé par le tintement régulier des gouttes de pluie. Toute vie qui se manifestait encore était rassemblée dans cette unique station de métro, aucun danger ne paraissait menacer ailleurs. Il pensa qu'il pourrait informer Otto de ce fait et en profiter pour savoir ce qui se passait là-bas. Il enfonça le bouton qui ouvrait le canal radio et prononça deux mots : « Allô ! Otto ? »

À cet instant, une grande clarté jaillit devant Otto dans un bruit assourdissant. L'homme qu'il poursuivait disparut, happé par un tourbillon de flammes. Otto se sentit soulever par un souffle puissant qui le projeta de l'autre côté du tunnel ; son corps tomba dans l'étroit renfoncement du mur, sa tête heurta l'arête de maçonnerie. Il s'effondra étourdi, désorienté. Il resta étendu, incapable de bouger. Dans son champ de vision apparurent Tita et Lætitia, elles s'agitaient et semblaient vouloir lui dire quelque chose. Il gisait immobile à les regarder avec étonnement, il avait l'impression que ses oreilles était bourrées de coton. Tita se pencha sur lui et lui souleva la tête doucement. Elle lui parlait, mais lui n'entendait rien ; il comprenait cependant qu'elle tentait de le rassurer et lui disait des mots gentils. Elle lui caressait les cheveux, sur ses lèvres il lisait : « Tiens bon. On va te tirer de là. Tout ira bien. » Il sentait un liquide poisseux lui inonder le cou. Tita écarta quelques cheveux sur son front et il vit que ses doigts étaient rouges. Son corps était bizarrement placé, perpendiculaire au mur, ses jambes repliées touchaient la paroi ; sa tête était près du rail et il apercevait en entier le renfoncement qui ressemblait à une fenêtre. De ce point de vue précis, il voyait cette fenêtre et son corps allongé qui tendait vers elle comme s'il allait la traverser. Les mains de Tita soutenaient sa tête, de cette façon il pouvait voir son torse, ses jambes et ses bras. Il ne sentait aucune douleur et, en regardant son corps, il s'étonna de ne rien sentir du tout. C'était une impression étrange, il était tout entier présent dans sa tête comme si tout son être s'était réfugié dans ce dernier havre, le reste de lui-même n'étant qu'un appendice insensible que ne faisait que prolonger incongrûment son cou. Il commençait de nouveau à entendre des sons, d'abord lointains, puis de plus en plus proches et précis. Ce qui l'entourait perdait ses couleurs ; ou plutôt les couleurs s'assombrissaient pour ne plus devenir que des ombres bleues de tons différents. Il voyait le visage de Tita au-dessus du sien, ses cheveux bleu-noir, sa peau bleue pâle, ses yeux bleus immenses. Tita, Titanium, ce nom curieux de

182

métal lui semblait maintenant étonnant, sinon étrange, un nom d'acier bleu, dur et résilient, qui allait si mal avec la douceur de cette femme qu'il connaissait si bien et qu'il aimait tellement. Il voulut caresser son visage, toucher sa peau, sentir l'arête de son nez ; mais son bras ne se leva pas et sa main resta à plat, désespérément inerte, près de son corps. Le visage bleu de Tita devenait lumineux, éclairé par une lueur solaire de plus en plus intense. D'où venait cette lumière presque aveuglante ? Le rectangle éblouissant semblait s'ouvrir dans la paroi du tunnel comme une ouverture sur une autre dimension. La lumière d'une brillance insoutenable dévorait le visage de Tita qui disparaissait noyé dans cette vacuité blanche. Les traits se simplifiaient, noyés dans la blancheur, seules les parties les plus sombres restaient visibles et permettaient de deviner comme par signaux en morse le visage qui s'effaçait. Puis, tout vira au blanc. Otto eut le sentiment de devenir aveugle dans cet éblouissement. Les sons restaient les seuls liens qui le rattachaient encore au monde qui l'entourait ; le murmure de la voix de Tita, les bruits de la bataille tirant à sa fin, la résonance métallique des rails sur lesquels quelqu'un cognait. Des sons s'amenuisant, devenant ténus. La blancheur omniprésente l'engouffrait totalement. Il se souvint de ce que son grand-père lui avait dit autrefois au sujet de l'opportunité, que c'était comme une fenêtre qui s'ouvrait tout à coup et que s'il la franchissait, sa vie en serait changée à tout jamais. Il ne comprenait pas bien quelle opportunité se présentait à lui, mais la fenêtre l'absorba dans sa luminescence qui paraissait venir d'un soleil inconnu, de l'autre côté. Dans les bras de Tita, son corps devint soudain mou comme un vêtement ample et abandonné.

XXV

Tita n'avait rien vu de la lumière solaire qui avait englouti Otto. Elle resta longtemps à genoux, avec la tête d'Otto dans son giron. Elle avait l'impression que cette tête n'était plus rattachée au corps qui s'étendait devant elle. Le cou s'était détendu et le reste du corps flasque gisait sur le sol poussiéreux et gras. Elle remua la tête faiblement, écouta la respiration, mais ne détecta rien, puis colla son oreille sur la poitrine figée pour constater l'incompréhensible silence. C'était bien Otto qui était allongé là, il semblait s'être abandonné à un sommeil lourd ; elle reconnaissait les traits de son visage et les formes familières de son corps, mais il manquait sa présence. Elle tenait dans ses bras un corps vide, une dépouille délaissée. Pourtant, quelques instants plus tôt, Otto était encore là et habitait ce prolongement physique de lui-même qui paraissait avoir servi d'intermédiaire entre son être et le monde qui l'entourait. C'était là la réalité étonnante à laquelle elle était confrontée, ce passage instantané et imperceptible de l'être au non-être. Elle connaissait certes la mort mais jusque-là de façon théorique, aucun de ses proches n'avait encore disparu ainsi. Elle était perplexe. Lætitia, à côté d'elle, l'observait sans oser intervenir. Tita se trouvait soudain plongée dans un univers inconsistant, où même les sons ne lui parvenaient que comme des échos lointains et déformés. Tout ce qui l'entourait restait à une certaine distance d'elle, hors de portée. Elle posa délicatement la tête d'Otto sur le sol, sur un morceau de papier, et se redressa. Elle s'avança vers la plate-forme de la station avec des gestes vides et lents, elle avait l'impression d'être dans une sorte de rêve. Devant elle, des corps gisaient dans des poses impossibles au milieu des détritus, mais ils appartenaient à ce monde irréel qu'elle ne faisait que traverser, ces morts inconnus lui étaient indifférents. Elle ne voyait plus que des ombres glisser comme des fantômes décolorés autour d'elle sans la toucher. Elle eut soudain un besoin impérieux de quitter cette caverne obscure, de monter vers la lumière et de s'arracher à cette ambiance poisseuse qui engluait tous ses sens. Elle emprunta les couloirs et les escaliers en croisant parfois des visages qu'elle croyait reconnaître, mais qui n'avaient plus d'importance désormais. Au fur et à mesure qu'elle s'élevait et s'éloignait du fond de la station, l'air devenait plus frais et plus respirable. Enfin, elle émergea à la surface dans une nuit calme. Partout où elle regardait, elle ne voyait que des rues vides. La masse sombre des bâtiments était transpercée par endroit de la lumière solitaire de quelques fenêtres encore éclairées. Mais son regard fut aussitôt captivé par le corps immense de l'édifice Hernyo qui s'élevait au-dessus de l'ensemble désordonné des constructions, illuminé comme un navire de croisière. Sans hésiter, elle marcha dans cette direction.

XXVI

Arnold avait vu sur ses écrans la lueur blanche de l'explosion. Dans ses écouteurs, le bruit était devenu insupportable et il les avait arrachés. Otto n'avait pas répondu à son appel. Après un moment, il approcha une oreille timide de l'appareil pour tenter de comprendre ce qui se passait là-bas. C'était une cacophonie de bruits de toutes sortes où il percevait des voix incompréhensibles et des cris confus. Il remit ses écouteurs tout en scrutant les écrans afin de tenter de donner une signification à ce remue-ménage. La pièce où Arnold était installé était plongée dans une semi-obscurité, éclairée seulement par la lueur qui émanait des écrans. Absorbé par son travail d'observation, c'est à peine s'il remarqua la brève et vive clarté qui vint de la porte et qui fit pâlir les images qu'il regardait. Il tourna machinalement la tête dans cette direction pour voir surgir une ombre devant lui. Lorsqu'il reconnut Igon, celui-ci était déjà penché sur lui et enserrait sa tête dans une prise à l'aide de ses bras. Arnold sentit la douleur de la torsion déchirer son cou et il eut la présence d'esprit de se propulser hors de son fauteuil pour suivre le mouvement. Il tomba sur le sol, obligeant Igon à se pencher davantage. La torsion changea de sens, Arnold fit pivoter son corps dans la même direction de sorte que la tentative d'Igon de lui briser le cou échoua de nouveau. Igon lâcha prise et se redressa en soufflant ; il considéra le corps d'Arnold allongé sur le sol, sans défense. Il se préparait à le saisir par une jambe de façon à l'immobiliser et l'achever à loisir quand Gudrun apparut dans l'embrasure de la porte. Elle avait vu Igon entrer dans le bureau et en avait déduit que c'était mauvais signe ; en effet, que faisait ici le bras droit de Hernyo, lui que précédait sa réputation d'exécuteur des hautes œuvres, brutal et implacable. Elle avait pris dans le tiroir de son bureau un minuscule pistolet, à peine visible entre ses gros doigts boudinés.

— Lâche-moi, brute ! hurla Arnold désespérément.

Il était à plat ventre et Igon, agenouillé sur son dos, les doigts enfouis dans ses cheveux, tirait sa tête en arrière en faisant faire à son cou une courbe harmonieuse. De la gorge d'Arnold ne sortait plus qu'un gargouillis d'agonie. Gudrun fit le tour des deux hommes en restant à une distance respectable et se plaça devant Igon pour qu'il puisse bien la voir avec son arme pointée sur lui.

— Laisse-le. Lève les mains et écarte-toi de lui, ordonna-t-elle d'une voix froide.

Igon resta perplexe, puis il relâcha sa prise et se mit debout en levant les mains. Arnold se tortillait comme un ver de terre à ses pieds.

— Recule jusqu'au mur.

Igon obéit. Dans la pièce, on n'entendait que les halètements d'Arnold et le frottement des pieds sur le sol.

— Que se passe-t-il ? Pourquoi l'as-tu attaqué ?

Igon ne répondit rien, mais ses yeux brillants épiaient chaque mouvement que faisait Gudrun comme s'il cherchait une faille dans sa garde, un moment propice pour agir. À côté de lui, le fauteuil d'Arnold attendait, vide, il avait roulé là au début de l'agression. Igon changea de posture en faisant passer son poids d'une jambe sur l'autre alors que son pied se cala sous une des roues du véhicule. Gudrun jeta un coup d'œil à Arnold qui semblait respirer mieux. Igon profita de cet instant d'inattention pour projeter le fauteuil avec le pied vers Gudrun. Celle-ci vit le coup arriver et s'écarta en appuyant simultanément sur la gâchette de son arme. Le fauteuil balaya l'espace qu'elle venait de quitter. À la suite de la détonation, une tache rouge apparut au milieu de la poitrine d'Igon. Celui-ci s'immobilisa, il ouvrit la bouche pour pousser un cri, mais il n'en sortit qu'un râle aigu, une sorte de plainte sifflante. Il tomba sur le côté, lourde masse désormais inerte. Gudrun s'étonna d'entendre un son si ténu émaner d'un homme de la corpulence d'Igon ; elle se souvint qu'elle ne l'avait jamais entendu parler et elle comprit qu'il était muet, ou plutôt qu'il l'avait été, se hasarda-t-elle à penser. Son attention se tourna vers Arnold qui gisait toujours sur le sol.

— Ça va ? lui demanda-t-elle en s'accroupissant près de lui, ses cuisses sous son pantalon dessinaient deux formidables plis.

— J'ai mal au dos, finit par dire Arnold. Je ne peux plus bouger.

— Je vais appeler un médecin dès le matin, lui dit-elle. Je vais m'occuper de toi, ne t'inquiète pas, ajouta-t-elle tendrement.

Arnold resta immobile sans rien dire de plus ; dans son état, toute aide était bienvenue. Gudrun alla chercher une couverture épaisse qu'elle déplia près de lui, puis elle l'y fit délicatement rouler. Après quoi elle entreprit de le traîner jusqu'au matelas qui lui servait de couche dans un coin de la pièce exiguë. Là, elle le déplaça avec précaution sur le lit de fortune. Tout allait bien, Arnold ne souffrait pas, il se trouvait même dans une position confortable. Gudrun enleva la chemise d'Arnold, il n'avait pas l'air blessé, puis elle enleva le reste de ses vêtements pour mieux l'examiner. Aucune lésion n'apparaissait sur le corps, elle en conclut que le traumatisme de l'agression ne pouvait être que temporaire. Arnold se laissait faire sans broncher. Malgré sa jeunesse, son expérience de la vie lui avait appris que le monde ne débordait pas de sollicitude et qu'il fallait l'accepter lorsqu'elle se présentait, peu importe sous quelle forme.

Gudrun, elle, se sentait stimulée par ces événements. Elle regarda avec indifférence la dépouille d'Igon qui gisait au milieu de la pièce. Puis elle considéra le corps nu d'Arnold allongé sur le matelas. Elle se déshabilla et se coucha près de lui. Elle se lova contre lui, appuyant son corps blême, dodu et flasque contre son flanc dur. Elle posa son bras sur la poitrine d'Arnold dans un geste de tendresse et ils restèrent ainsi pendant longtemps à attendre le matin. Ils s'endormirent et, Gudrun, avant de sombrer dans le sommeil, sut qu'Arnold désormais lui appartenait.

XXVII

Malgré la pluie, Hernyo restait debout à la terrasse en haut de son édifice. Les mains jointes dans le dos, il admirait la ville et, comme par le truchement d'un curieux phénomène magnétique, son regard était irrémédiablement attiré par le quartier. À sa hauteur, un vent léger soufflait, poussant dans l'air les gouttes d'eau qui griffaient son visage par intermittence. Sur son crâne nu et lisse, des rigoles se formaient et, en s'écoulant sur son cou et son imperméable, elles contribuaient à la formation de flaques sous ses pieds. Il se détourna du spectacle de la ville. C'est alors qu'il aperçut Tita, à l'autre extrémité de la terrasse, qui l'observait. Derrière elle, la carcasse noircie du trébuchet se découpait sur la grisaille du ciel comme les ruines d'un assemblage architectural, complexe et désuet. Elle aussi était trempée, ce qui indiquait qu'elle était là depuis un bon moment, ses cheveux étaient collés à son visage. Hernyo sourit maladroitement comme s'il avait été surpris en train de commettre un délit. Sa conscience était pourtant tranquille, elle ne le tourmentait plus depuis longtemps, en fait, depuis qu'il avait décidé que l'utilisation de tous les moyens à sa disposition trouvait sa justification dans l'atteinte de ses fins, car ses fins n'étaient pas personnelles mais universelles et concernaient la ville tout entière. Il se sentait tout altruisme et il était persuadé qu'il n'était qu'un instrument dans l'avènement d'une ère meilleure dont les progrès ne pouvaient se mesurer que sur une échelle historique. Toute son œuvre n'était-elle pas la lutte pour le progrès contre les éléments rétrogrades de la ville qui se campaient encore dans un passé obsolète, primitif et brutal ?

Tita ne lui rendit pas son sourire. Elle avança vers lui avec un visage fermé et froid. Seuls ses yeux brillants exprimaient un sentiment violent innommable. Lorsqu'elle fut assez près, Hernyo dit :

— Quelle surprise ! Cela fait longtemps que je ne t'ai vue. Je me demandais où tu étais et comment tu allais.

— Tu aurais pu le savoir facilement si tu l'avais voulu, répliqua-t-elle sèchement en indiquant d'un geste du menton le quartier en contrebas.

Hernyo comprit son allusion.

— Oui, je sais, il y a eu des troubles dans la ville ces derniers jours. J'espère que tu n'as pas été incommodée.

— Monstre, dit-elle faiblement.

En elle s'affrontaient des sentiments puissants et dévastateurs qui secouaient son corps frêle. Il y avait d'abord cette rage incontrôlable qui s'était accumulée au fil des jours et des événements qu'elle avait vécus, mais il y avait aussi ces sentiments de trahison et de déception que lui inspiraient ce père qu'elle aimait encore, qu'elle pensait connaître et qu'elle découvrait avec perplexité et répugnance.

— Que dis-tu ? interrogea Hernyo en observant le visage de Tita.

— Monstre, répéta-t-elle un peu plus fort.

— Comment ?

192

Dans un geste de défiance et de mépris, Tita allongea le cou dans sa direction.

— Monstre ! hurla-t-elle comme si elle lui crachait un jet de vomi au visage.

Les yeux de Hernyo s'ouvrirent tout rond. Il était étonné, horrifié et blessé tout à la fois dans son amour. Il recula d'un pas comme pour se soustraire à une odeur nauséabonde.

— Que me reproches-tu ? De quoi m'accuses-tu ? demanda-t-il sur un ton indigné, rendu aigu par l'affolement.

— De tuer des gens pour le profit ! Tu es un être répugnant ! Je te hais ! Je te hais ! cria Tita en éclatant en sanglots.

Hernyo se figea, transpercé par ces mots. Toute sa carapace et les couches tégumentaires qui le protégeaient avaient volé en éclats. Ce coup mortel était venu de sa fille, le seul être qu'il eût jamais aimé, par cette ouverture d'amour qui était maintenant un trou brûlant au milieu de sa poitrine. Il comprit que l'amour était une faiblesse qui rendait les êtres vulnérables. C'était la faille dans son armure, le seul moyen de l'atteindre. Il sentit son estomac se contracter, comme écrasé par une poigne puissante. Il eut à peine le temps de se détourner avant de vomir. D'une main il se raccrocha à la barre du parapet de la terrasse tandis que son corps plié en deux était secoué de spasmes. Jamais il n'avait ressenti de douleur semblable ; c'était la somme de cette souffrance physique et d'un sentiment de solitude immense. Tous ces efforts qu'il avait déployé au cours de sa vie n'avaient-ils servi qu'à ça ? Sa vie méritait-elle cet aboutissement ? Dans ce cas, la vie méritait-elle d'être vécue ? Question cruciale à laquelle il ne pouvait répondre objectivement car son être tout entier était anéanti. Il lui semblait que tous les liens qui le rattachaient à la vie étaient rompus et que seuls lui échoyaient les fonctions mécaniques qui continuaient de le sustenter ; son cœur battait toujours, il respirait encore… Son corps fonctionnait malgré lui. Il sentit la nausée le submerger de nouveau. Dans un ultime réflexe, il se hissa jusqu'à la barre pour se pencher au dessus du vide et vomir encore. Il se tint là en équilibre, se vidant de sa substance, son être vacillant entre la vie et la mort ; ses pieds avaient quittés le support du parapet et battaient l'air.

Malgré son effondrement, Tita n'avait rien perdu de la scène et elle comprit soudain le danger.

— Non ! cria-t-elle en s'élançant vers son père.

Elle réussit à agripper la poche de son imperméable. Elle tira de toutes ses forces pour tenter de retenir le corps lourd qui tombait déjà. Il y eut un bruit de tissu déchiré et Tita se retrouva avec un morceau d'étoffe dans une main et l'autre appuyée à la barre du parapet. Sous elle, un tourbillon de vêtements se précipitait vers le sol. Pour Hernyo, tout se passait au ralenti, il se sentit tout à coup libre et léger, les pans de son imperméable s'ouvrirent et battirent l'air de chaque côté de lui comme des ailes et il avait l'impression de voler. Il ressemblait ainsi à un papillon qui voletait au-dessus de la ville en suivant sa fantaisie, poussé par les vents et les courants d'air. Lui, la chenille, était enfin devenu papillon, mais ce n'était pas ainsi qu'il avait imaginé sa métamorphose. Le sol se rapprochait à une vitesse vertigineuse. En se penchant, Tita ne vit qu'une vague forme disparaître dans la brume, elle n'entendit même pas le bruit que produisit le choc du corps en s'écrasant sur le sol. Tout était donc fini. Elle resta à scruter la masse grise de la brume flotter lentement près du sol. Elle recula et regarda la terrasse devant elle, ce lieu qui lui paraissait maintenant inconnu et étrange. En moins d'une journée, sa vie était devenue un désert de solitude où, aveuglée par la douleur, elle ne se déplaçait plus qu'à tâtons. Elle traversa le vaste espace de la terrasse en titubant avec l'impression qu'après l'effort de chaque pas elle s'écroulerait et qu'elle mourrait là sans force, dissoute par la pluie, absorbée par ce vide immense qui creusait sa poitrine. Elle atteignit la porte de l'ascenseur qui s'ouvrait dans le kiosque au centre de la terrasse. Elle se souvenait vaguement d'avoir vu Engelschell dans le couloir, mais cela n'avait aucune importance. En entrant dans le cabinet de Hernyo, elle s'effondra sur la moquette et sombra dans le sommeil. Il ne restait d'elle qu'un petit tas de vêtements mouillés.

XXVIII

Le lendemain, lorsqu'elle se réveilla, elle était exactement dans la même position qu'au moment de sa chute, la lumière qui entrait par les fenêtres indiquait que c'était le matin. Elle ne bougea pas cependant, seuls ses yeux suivirent au fil des heures la progression du jour. Une fatigue démesurée la clouait sur place, le poids de son corps paraissait avoir été décuplé et l'immobilisait à l'endroit où elle était tombée. Elle était incapable de remuer les membres et d'ailleurs elle n'en avait aucune envie. Elle accueillit cette défaillance comme un moment de repos, un état de non être qu'elle pouvait opposer à l'énorme désespoir qui l'avait envahie. Elle ne voulait plus lutter, elle ne voulait plus rien. Lorsque l'obscurité autour d'elle s'épaissit et qu'elle ne distinguait plus les objets qui l'entouraient, elle s'endormit de nouveau.

Les jours passèrent dans une suite de cycles de nuit et de clarté et Tita perdit le sens du temps. Elle pensait parfois aux événements des derniers jours et à ses amis, parfois elle y rêvait, confondant l'état d'éveil et de sommeil. Plus tard, il ne lui resta de cet épisode de sa vie qu'un souvenir lointain et brumeux où elle ne vécut que de besoins immédiats et de réflexes venant de son corps qui réclamait un minimum d'attention pour survivre. Manger, dormir, ne pas sortir du bureau. Rester sur la moquette recroquevillée, en sécurité.

Le bureau de Hernyo était un chef d'œuvre d'autonomie, il contenait tout ce qu'il fallait pour permettre à quelques personnes d'y vivre coupé du monde pendant plusieurs jours. Derrière une porte dérobée, on trouvait un minuscule cabinet de toilette, une cuisine sommaire avec suffisamment de victuailles et un petit réfrigérateur bien garni destiné à agrémenter les moments festifs. C'était plus qu'il n'en fallait à Tita. Elle vécut là comme un animal dans son terrier, sans passé, sans futur, acceptant chaque instant comme la seule réalité. Elle aimait le présent, le présent existait telle une chose presque palpable, le présent la protégeait comme un mur contre le souvenir, l'angoisse et la détresse. Le présent ne portait aucun espoir, il n'était que lui-même, toujours inchangé et immuable. Pour Tita, seuls existaient le présent et le bureau, un double lieu, un double refuge.

Au fil du temps, les sentiments qui l'avaient terrassée s'amenuisèrent pour ne plus devenir que de minces couches se déposant en elle comme une succession d'alluvions, se recouvrant les uns les autres. Elle découvrit un matin que sa douleur s'était engourdie. L'abîme obscur qui l'avait attirée et menacé de l'engloutir avait disparu. Quelque chose avait progressivement changé en elle. Elle se sentait animée par une force nouvelle et elle ressentait une liberté que depuis longtemps elle n'avait pas connue. Elle se redressa lentement craignant qu'un geste brusque ne fasse chavirer son univers. Puis elle s'approcha doucement de la baie vitrée et regarda avec étonnement le spectacle de la ville paraissant assoupie dans une grisaille lumineuse et s'étendant dans toutes les directions, aussi loin que portait son regard. Devant cette vision magnifique, elle sut qu'elle aimait cette ville et qu'elle avait désormais le pouvoir d'en changer la destinée. Mais cette constatation n'éveilla en elle aucune joie particulière, il y avait maintenant entre elle et ses sentiments une certaine distance, un décalage, une zone de sécurité qui lui permettait d'appréhender la réalité sans risque. Elle se dit que dans quelques années la ville lui ressemblerait sans doute comme elle ressemblait aujourd'hui à Hernyo. Cette transformation relevait d'un processus dévorant et inévitable auquel elle ne pouvait échapper. Elle demeura un moment méditative. Elle détourna ensuite son regard de la fenêtre et s'assit dans le fauteuil profond qui l'accueillit dans les replis confortables de son cuir riche et souple. Le bureau tout entier sembla se refermer sur elle. Elle sortit de sa botte le stylet que lui avait donné Lætitia et le déposa sur le meuble. Il avait l'air d'un coupe-papier et paraissait inoffensif. Elle pensa qu'elle devrait revoir ses amis et les aider d'une façon ou d'une autre. Ce temps viendra, mais pas tout de suite. En attendant, il y avait tant de choses à faire. Elle considéra la pile de dossiers sur le coin du bureau. Que lui avait donc légué ce père énigmatique ? Quels secrets étranges allait-elle découvrir ? À quelle affaire devait-elle accorder son attention en premier ? Malgré toutes ces questions, aucune émotion ne venait troubler sa détermination. Elle prit un des dossiers, ouvrit la chemise de carton et se plongea dans la lecture du document. Absorbée dans ses pensées, elle ne remarqua pas que la ville avait commencé à la dévorer par petits morceaux infimes.

RÉCITS et ROMANS
aux Éditions Triptyque

Chabot, François. *La mort d'un chef* (roman), 2004, 108 p.

Champagne, Louise. *Chroniques du métro* (nouvelles), 1992, 123 p.

Chatillon, Pierre. *L'enfance est une île* (nouvelles), 1997, 125 p.

Clément, Michel. *Le maître S* (roman), 1987, 125 p.

Clément, Michel-E. *Ulysse de Champlemer* (roman), 1997, 155 p.

Clément, Michel-E. *Phée Bonheur* (roman), 1999, 283 p.

Clément, Michel-E. *Sainte-Fumée* (roman), 2001, 361 p.

Cliche, Anne-Élaine. *La pisseuse* (roman), 1992, 243 p.

Cliche, Anne-Élaine. *La Sainte Famille* (roman), 1994, 242 p.

Cliche, Mireille. *Les longs détours* (roman), 1991, 128 p.

Collectif. *La maison d'éclats* (récits), 1989, 116 p.

Corbeil, Marie-Claire. *Tess dans la tête de William* (récit), 1999, 92 p.

Côté, Bianca. *La chienne d'amour* (récit), 1989, 92 p.

Daigle, Jean. *Un livre d'histoires* (récits), 1996, 105 p.

Daigneault, Nicolas. *Les inutilités comparatives* (nouvelles), 2002, 134 p.

Dandurand, Anne. *Voilà, c'est moi : c'est rien, j'angoisse* (récits), 1987, 84 p.

Daneau, Robert. *Le jardin* (roman), 1997, 167 p.

Depierre, Marie-Ange. *Une petite liberté* (récits), 1989, 104 p.

Déry-Mochon, Jacqueline. *Clara* (roman), 1986, 84 p.

Désalliers, François. *Un monde de papier* (roman), 2007, 192 p.

Désaulniers, Lucie. *Occupation double* (roman), 1990, 102 p.

Desfossés, Jacques. *Tous les tyrans portent la moustache* (roman), 1999, 271 p.

Desfossés, Jacques. *Magma* (roman), 2000, 177 p.

Desrosiers, Sylvie. *Bonne nuit, bons rêves, pas de puces, pas de punaises* (roman), 1998 (1995), 201 p.

Desruisseaux, Pierre. *Pop Wooh, le livre du temps, Histoire sacrée des Mayas quichés* (récit), 2002, 252 p.

Diamond, Lynn. *Nous avons l'âge de la Terre* (roman), 1994, 157 p.

Diamond, Lynn. *Le passé sous nos pas* (roman), 1999, 200 p.

Diamond, Lynn. *Le corps de mon frère* (roman), 2002, 208 p.

Duhaime, André. *Clairs de nuit* (récits), 1988, 125 p.

Dupuis, Hervé. *Voir ailleurs* (récit), 1995, 211 p.

Dussault, Danielle. *Le vent du monde* (récits), 1987, 116 p.

Forand, Claude. *Le cri du chat* (polar), 1999, 214 p.

Forest, Jean. *Comme c'est curieux… l'Espagne !* (récit), 1994, 119 p.

Forest, Jean. *Jean Forest chez les Anglais* (récit), 1999, 168 p.

Fortin, Julien. *Chien levé en beau fusil* (nouvelles), 2002, 152 p.

Fournier, Danielle. *Les mardis de la paternité* (roman), 1983, 109 p.

Fournier, Danielle et Coiteux, Louise. *De ce nom de l'amour* (récits), 1985, 150 p.

Francœur, Louis et Marie. *Plus fort que la mort* (récit-témoignage), 2000, 208 p.

Fugère, Jean-Paul. *Georgette de Batiscan* (roman), 1993, 191 p.

Gagnon, Alain. *Lélie ou la vie horizontale* (roman), 2003, 121 p.

Gagnon, Alain. *Jakob, fils de Jakob* (roman), 2004, 166 p.

Gagnon, Alain. *Le truc de l'oncle Henry* (polar), 2006, 166 p.

Gagnon, Daniel. *Loulou* (roman), 2002 (1976), 158 p.

Gagnon, Lucie. *Quel jour sommes-nous ?* (récits), 1991, 96 p.

Gauthier, Yves. *Flore ô Flore* (roman), 1993, 125 p.

Gélinas, Pierre. *La neige* (roman), 1996, 214 p.

Manseau, Pierre. *Les bruits de la terre* (récits), 2000, 176 p.

Manseau, Pierre. *Ragueneau le Sauvage* (roman), 2007, 264 p.

Manseau, Martin. *J'aurais voulu être beau* (récits), 2001, 144 p.

Martel, Jean-Pierre. *La trop belle mort* (roman), 2000, 238 p.

Martin, Daniel. *La solitude est un plat qui se mange seul* (nouvelles), 1999, 145 p.

McComber, Éric. *Antarctique* (roman), 2002, 175 p.

McComber, Éric. *La mort au corps* (roman), 2005, 303 p.

Ménard, Marc. *Itinérances* (roman), 2001, 242 p.

Messier, Judith. *Jeff!* (roman), 1988, 216 p.

Michaud, Nando. *Le hasard défait bien des choses* (polar), 2000, 216 p.

Michaud, Nando. *Un pied dans l'hécatombe* (polar), 2001, 241 p.

Michaud, Nando. *Virages dangereux et autres mauvais tournants* (nouvelles), 2003, 181 p.

Michaud, Nando. *La guerre des sexes* ou *Le problème est dans la solution* (polar), 2006, 289 p.

Monette, Pierre. *Trente ans dans la peau* (roman), 1990, 112 p.

Moutier, Maxime-Olivier. *Potence machine* (récits), 1996, 109 p.

Moutier, Maxime-Olivier. *Risible et noir* (récits), 1998 (1997), 164 p.

Moutier, Maxime-Olivier. *Marie-Hélène au mois de mars* (roman), 2001 (1998), 162 p.

Neveu, Denise. *De fleurs et de chocolats* (récits), 1993, 96 p.

Neveu, Denise. *Des erreurs monumentales* (roman), 1996, 121 p.

Nicol, Patrick. *Petits problèmes et aventures moyennes* (récits), 1993, 96 p.

Nicol, Patrick. *Les années confuses* (récits), 1996, 95 p.

Nicol, Patrick. *La blonde de Patrick Nicol* (roman), 2005, 93 p.

Noël, Denise. *La bonne adresse* suivi de *Le manuscrit du temps fou* (récits), 1995, 161 p.

O'Neil, Huguette. *Belle-Moue* (roman), 1992, 95 p.

O'Neil, Huguette. *Fascinante Nelly* (récits), 1996, 127 p.

Painchaud, Jeanne. *Le tour du sein* (récits), 1992, 95 p.

Paquette, André. *La lune ne parle pas* (récits), 1996, 159 p.

Paquette, André. *Les taches du soleil* (récits), 1997, 219 p.

Paquette, André. *Première expédition chez les sauvages* (roman), 2000, 180 p.

Paquette, André. *Parcours d'un combattant* (roman), 2002, 183 p.

Paré, Marc-André. *Chassés-croisés sur vert plancton* (récits), 1989, 92 p.

Paré, Marc-André. *Éclipses* (récits), 1990, 98 p.

Pascal, Gabrielle. *L'été qui dura six ans* (roman), 1997, 115 p.

Pascal, Gabrielle. *Le médaillon de nacre* (roman), 1999, 180 p.

Patenaude, Monique. *Made in Auroville, India* (roman), 2004, 211 p.

Pépin, Pierre-Yves. *La terre émue* (récits), 1986, 65 p.

Pépin, Pierre-Yves. *Le diable des marais* (contes), 1987, 136 p.

Perreault, Guy. *Ne me quittez pas!* (récits), 1998, 113 p.

Perreault, Guy. *Les grands brûlés* (récits), 1999, 173 p.

Poitras, Marie Hélène. *Soudain le Minotaure* (roman), 2002, 178 p.

Poitras, Marie Hélène. *La mort de Mignonne et autres histoires* (nouvelles), 2005, 171 p.

Poulin, Aline. *Dans la glace des autres* (récits), 1995, 97 p.

Quintin, Aurélien. *Barbe-Rouge au Bassin* (récits), 1988, 257 p.

Quintin, Aurélien. *Chroniques du rang IV* (roman), 1992, 193 p.

Raymond, Richard. *Morsures* (nouvelles), 1994, 169 p.

Renaud, France. *Contes de sable et de pierres* (récits), 2003, 152 p.

Renaud, Thérèse. *Subterfuges et sortilèges* (récits), 1988, 144 p.

Ricard, André. *Les baigneurs de Tadoussac* (récit), 1993, 54 p.

Ricard, André. *Une paix d'usage. Chronique du temps immobile* (récit), 2006, 211 p.

Robitaille, Geneviève. *Chez moi* (récit), 1999, 142 p.

Robitaille, Geneviève. *Mes jours sont vos heures* (récit), 2001, 116 p.

Rompré-Deschênes, Sandra. *La maison-mémoire* (roman), 2007, 176 p.

Saint-Pierre, Jacques. *Séquences* ou *Trois jours en novembre* (roman), 1990, 134 p.

Schweitzer, Ludovic. *Vocations* (roman), 2003, 188 p.

Shields, Carol. *Miracles en série* (nouvelles), 2004, 232 p.

Soudeyns, Maurice. *Visuel en 20 tableaux* (proses), 2003, 88 p.

St-Onge, Daniel. *Llanganati* ou *La malédiction de l'Inca* (roman), 1995, 214 p.

St-Onge, Daniel. *Trekking* (roman), 1998, 240 p.

St-Onge, Daniel. *Le gri-gri* (roman), 2001, 197 p.

St-Onge, Daniel. *Bayou Mystère* (roman), 2007, 164 p.

Strano, Carmen. *Les jours de lumière* (roman), 2001, 246 p.

Strano, Carmen. *Le cavalier bleu* (roman), 2006, 251 p.

Tétreau, François. *Le lai de la clowne* (récit), 1994, 93 p.

Théberge, Gaston. *Béatrice, Québec 1918* (roman), 2007, 192 p.

Thibault, André. *Schoenberg* (polar), 1994, 175 p.

To, My Lan. *Cahier d'été* (récit), 2000, 94 p.

Turcotte, Élise. *La mer à boire* (récit), 1980, 24 p.

Turgeon, Paule. *Au coin de Guy et René-Lévesque* (polar), 2003, 214 p.

Vaillancourt, Claude. *L'eunuque à la voix d'or* (nouvelles), 1997, 159 p.

Vaillancourt, Claude. *Les onze fils* (roman), 2000, 619 p.

Vaillancourt, Claude. *Réversibilité* (roman), 2005, 256 p.

Vaillancourt, Marc. *Le petit chosier* (récits), 1995, 184 p.

Vaillancourt, Marc. *Un travelo nommé Daisy* (roman), 2004, 185 p.

Vaillancourt, Marc. *La cour des contes* (récits), 2006, 93 p.

Vaillancourt, Yves. *Winter et autres récits* (récits), 2000, 100 p.

Vaïs, Marc. *Pour tourner la page*, 2005, 113 p.

Valcke, Louis. *Un pèlerin à vélo* (récit), 1997, 192 p.

Vallée, Manon. *Celle qui lisait* (nouvelles), 1998, 149 p.

Varèze, Dorothée. *Chemins sans carrosses* (récits), 2000, 134 p.

Villeneuve, Marie-Paule. *Derniers quarts de travail* (nouvelles), 2004, 105 p.

Vincent, Diane. *Épidermes* (polar), 2007, 216 p.

Vollick, L.E. *Les originaux* (roman), 2005, 271 p.

Wolf, Marc-Alain. *Kippour* (roman), 2006, 266 p.

RELIURE LEDUC INC.
450-460-2105